Сестричка-Катя

Варвара Андреевская

Сестричка-Катя

© Bibliotech Press, 2021

ISNB: 978-1-63637-712-4

ОГЛАВЛЕНІЕ

ГЛАВА I

ВНУКИ СТОЛЯРА ИВАНА

Лѣто было въ полномъ разгарѣ; поля давно уже покрылись зеленью и безчисленнымъ количествомъ различныхъ полевыхъ цвѣтовъ, которые, словно соперничая другъ съ другомъ въ красотѣ и разнообразіи красокъ, плавно покачивались на своихъ тонкихъ стебелькахъ и граціозно наклоняли головки то вправо, то влѣво, точно разговаривали другъ съ другомъ, точно дѣлились впечатлѣніями, точно высказывали взаимную тревогу по поводу того, что воть-вотъ не сегодня-завтра къ нимъ подойдетъ какой-нибудь крестьянинъ съ косою въ рукахъ и однимъ взмахомъ безжалостно срѣжетъ ихъ съ корня и уложить на землю, точно такъ, какъ срѣзалъ и уложилъ въ прошломъ году.

Цвѣточки были правы, имъ дѣйствительно угрожала большая опасность; крестьяне, повидимому, отложили въ сторону остальныя работы, всецѣло предались сѣнокосу и оставались на полѣ съ утра до ночи.

Косили и грабили всѣ, кто только чувствовалъ себя въ состояніи держать въ рукахъ косы и грабли. Наравнѣ съ остальными, закрывъ на время столярную мастерскую, косилъ старикъ столяръ Иванъ, заставляя грабить и прибирать скошенное имъ сѣно своихъ внучатъ — Катю и Андрюшу, которые должны были по окончаніи уроковъ въ школѣ, не заходя даже домой, прямо идти на поле и приниматься за работу.

Сначала дѣткамъ это даже нравилось, они не считали работою уборку сѣна, скошеннаго дѣдушкой, но затѣмъ мало-по-малу уборка стала утомлять ихъ, въ особенности, когда приходилось торопиться и когда дѣдушка началъ требовать, чтобы въ теченіе извѣстныхъ часовъ было выполнено то, что онъ назначалъ.

Андрюша уже не смѣлъ гоняться за жуками и бабочками, какъ дѣлалъ раньше, а Катя не могла даже думать о томъ, чтобы нарвать цвѣтовъ, сплести изъ нихъ вѣночекъ или сдѣлать букетъ для маленькой сестренки Маши. Бѣдныя дѣти съ каждымъ днемъ чувствовали себя все больше и больше утомленными.

Въ минуту моего разсказа на душѣ у обоихъ было какъ-то особенно тяжело и тоскливо; они работали молча.

— Слава тебѣ Господи, кончилъ!— вскричалъ наконецъ Андрюша и, откинувъ въ сторону грабли, сначала вытянулся съ видимымъ наслажденіемъ, а потомъ, опустившись на землю, принялся усердно дуть въ разгоряченныя ладони.

— У меня тоже готово,— отозвалась по прошествіи нѣсколькихъ минутъ Катя, и съ восторгомъ запрыгала на мѣстѣ.

— Ты еще въ состояніи прыгать?— замѣтилъ мальчуганъ, ласково улыбнувшись:— я боялся, что мнѣ придется нести тебя домой на рукахъ.

— Скажите, пожалуйста, какой великанъ, собирался нести меня на рукахъ, когда самъ-то со мною одного роста.

Андрюша, вмѣсто отвѣта, молча вскочилъ съ мѣста, въ одинъ мигъ сломилъ длинную вѣтку расположеннаго по близости орѣховаго куста, смѣрилъ ею сначала свой собственный ростъ, а затѣмъ ростъ Катюши, и когда въ результатѣ получилось, что онъ оказался выше нея почти на цѣлую голову, то замѣтилъ не только серьезно, но почти сурово:

— Никогда не слѣдуетъ утверждать того, въ чемъ мы не увѣрены.

— Прости, — сказала Катя, дружески протянувъ ему руку:— право я не могу понять, когда ты успѣлъ такъ вырости.

— То-то!

Нѣсколько минутъ продолжалось молчаніе, которое Андрюша нарушилъ первый, напомнивъ сестрѣ, что пора подумать о возвращеніи домой.

Поспѣшно сунувъ грабли подъ сѣно, дѣтки стали собираться въ путь; Катя засунула руку въ глубину орѣховаго куста, гдѣ хранилась ея обувь, и доставъ оттуда чулки и довольно грубыя кожаныя туфли, начала обувать свои загорѣлыя, исцарапанныя и мѣстами даже мозольныя ножки. Андрюша тѣмъ временемъ подошелъ къ рѣчкѣ и намѣревался перейти ее въ бродъ.

— Какъ сильно хочется мнѣ пить,— проговорилъ онъ вполголоса,— а вода до того грязна, что на нее даже смотрѣть противно.

— Зачѣмъ же пить грязную воду, когда у насъ есть кофе,— отозвалась Катя.

— Ахъ, въ самомъ дѣлѣ, я совершенно про него забылъ!..— И мальчуганъ въ одинъ прыжокъ подбѣжалъ къ орѣховому кусту, по примѣру Кати засунулъ въ глубину его руку, вытащилъ оттуда небольшую бутылку, до половины наполненную кофе, и приложивъ горлышко къ губамъ, началъ поспѣшно утолять жажду.

— Не хочешь ли ты также пить, Катя?— обратился онъ къ сестрѣ и, плутовски улыбнувшись, протянулъ бутылку.

Катя приняла предложеніе, по едва успѣла сдѣлать первый глотокъ, какъ сейчасъ же поперхнулась — оказалось, что на днѣ бутылки было больше гущи, чѣмъ жидкости.

— Это тебѣ въ отместку за то, что считала меня маленькимъ!— вскричалъ Андрюша, расхохотавшись.

Катя тоже засмѣялась, погрозила пальчикомъ и, взявъ его за руку, въ припрыжку побѣжала по направленію къ дому.

Добравшись такимъ образомъ до деревни, на противоположномъ концѣ которой находился домикъ дѣдушки, дѣтки разстались. Андрюша поспѣшилъ къ своему другу — Петѣ Рыкову, сыну мѣстнаго священника, чтобы сообщить какую-то интересную школьную новость, а Катя — домой, къ своей маленькой сестренкѣ Машутѣ и братцу Митенькѣ. Она знала, что Машута ждетъ ея возвращенія и надѣется, что она непремѣнно принесетъ какой-нибудь гостинецъ, въ видѣ цвѣтковъ, ягодокъ или еще того лучше — живой, хорошенькой бабочки. Но на этотъ разъ Катя шла безъ гостинца, утомленная и даже печальная.

Передъ Андрюшей она старалась скрыть свою тоску, чтобы не разстраивать его, но разъ Андрюша ушелъ, — притворяться ей больше было нечего, и она невольно отдалась этой тоскѣ.

Какъ теперь помнитъ она тотъ ужасный день, когда скончалась ихъ милая, дорогая мама, помнитъ, какъ собрались въ ихъ квартиру мамины подруги и знакомыя, и какъ послѣ похоронъ три подруги на общемъ совѣтѣ порѣшили отправить Катю, Андрюшу, Машуту и Митю на житье къ старику-дѣдушкѣ, котораго раньше они никогда не знали и не видѣли... Помнитъ, какъ въ день отъѣзда швея Марина Марковна, ея крестная мать и близкая пріятельница покойной мамы, взяла ее за руку, посадила рядомъ съ собою и принялась давать различныя наставленія, учить какъ должны дѣтки держать себя относительно дѣдушки, слушаться его безпрекословно и какъ она, т.-е. Катя, какъ старшая дѣвочка въ семьѣ, обязана заботиться объ Андрюшѣ и объ остальныхъ малюткахъ.

— Нечего и думать, что жизнь въ домѣ дѣдушки пойдетъ для васъ такъ, какъ до сихъ поръ шла дома,— говорила она ласково.— Нѣтъ, Катюша, нѣтъ, моя дорогая, замѣнить маму, которую взялъ отъ васъ Господь, никто никогда не можетъ. Какъ бы ни любилъ васъ дѣдушка, это все не то; но во всякомъ случаѣ вы должны помнить, что онъ для васъ дѣлаетъ много. Въ его годы трудно привыкать ко всякой новой обстановкѣ, а съ

4

вашимъ переселеніемъ къ нему это придется неизбѣжно; въ особенности будутъ стѣснять его малютки; ты должна заботиться о томъ, чтобы они его не безпокоили ни крикомъ, ни шалостями; подумай, что станется съ вами, если дѣдушка разсердится и, потерявъ въ концѣ концовъ терпѣніе, рѣшитъ или отправить васъ обратно сюда, гдѣ вамъ придется, можетъ быть, голодать и мерзнуть, или же раздастъ въ чужіе люди, гдѣ на васъ навалятъ непосильныя работы и будутъ строго взыскивать за каждый пустякъ... Подумай объ этомъ хорошенько. Катюша, постарайся употребить какъ можно больше старанія, чтобы привязать къ себѣ дѣдушку и помни, что на тебѣ только одной лежитъ вся отвѣтственность за собственную судьбу, за судьбу Андрюши и за судьбу малютокъ — Маши и Митеньки...

Послѣднія слова крестной матери глубоко запали въ душу дѣвочки; что бы она ни дѣлала, что бы ни думала, они постоянно звучали въ ея ушахъ и преслѣдовали всюду.

Старикъ Иванъ или, какъ его обыкновенно называли въ деревнѣ, столяръ Иванъ, встрѣтилъ своихъ внуковъ привѣтливо, но выраженіе лица его показалось Катюшѣ, съ перваго раза въ особенности, нѣсколько суровымъ; въ другое время это, вѣроятно, смутило бы ее и даже испугало, но теперь она сейчасъ же вспомнила длинный монологъ Марины Марковны, и приписавъ суровое выраженіе лица дѣдушки тому, что съ ихъ появленіемъ въ его домѣ мѣняется окружающая обстановка, вмѣсто того, чтобы испугаться или струсить, сейчасъ же взялась за дѣло разумно: накормила малютокъ, шепнула на ухо Андрюшѣ, чтобы онъ держалъ себя скромно, не сердилъ дѣдушку болтовней и вообще только отвѣчалъ бы на сдѣланные ему вопросы, а самъ не лѣзъ съ разговоромъ; потомъ уложила дѣтокъ въ кроватки и, нерѣшительно подойдя къ дѣдушкѣ, спросила, не надо ли что прибрать на кухнѣ.

Дѣдушка сначала молча погладилъ ее по головѣ, затѣмъ пристально взглянулъ на ея миловидное личико и наконецъ проговорилъ ласково:

— Спасибо, дружокъ, на сегодня все уже сдѣлано, ложись съ Богомъ спать; ты навѣрное очень устала съ дороги, и отдыхъ для тебя необходимъ.

Катюша поцѣловала дѣдушку, и съ той поры они стали друзьями.

Въ минуту нашего разговора Катя, какъ сказано выше, окончивъ заданную дѣдушкой работу на сѣнокосѣ, торопилась домой, чтобы во-время подать дѣткамъ ужинъ. Когда она вошла въ избушку, Маша и Митя сидѣли уи, е около стола; глазки ихъ сдѣлались совсѣмъ маленькіе, видно было, что имъ сильно хотѣлось спать, но вмѣстѣ съ тѣмъ еще того сильнѣе хотѣлось кушать, а безъ сестрички Кати подѣлать сами ничего не могли.

Услыхавъ знакомые имъ шаги, они подняли головки и повернули ихъ по направленію къ двери.

— Что принесла? — спросили они въ одинъ голосъ, съ любопытствомъ взглянувъ на дѣвочку.

— Сегодня ничего, — отозвалась Катюша.

— Почему? — продолжалъ Митя.

— Некогда было.

— А завтра принесешь что-нибудь?

— Постараюсь. И какъ бы не желая вступать въ дальнѣйшіе разговоры, она сейчасъ же ушла въ кухню, откуда по прошествіи нѣсколькихъ минутъ вернулась, держа въ рукахъ небольшой чугунокъ, наполненный варенымъ картофелемъ.

— Кушайте скорѣе и ложитесь спать, — обратилась Катя къ дѣткамъ, которыя не заставили дважды повторить себѣ предложеніе кушать и принялись за скромный ужинъ съ большимъ аппетитомъ. Вскорѣ къ нимъ подоспѣлъ Андрюша.

— На мою долю оставили?— спросилъ онъ, заглядывая въ чугунъ.

— Конечно, развѣ я когда-нибудь забывала о комъ изъ васъ,— отвѣчала Катя и поспѣшила достать ему двѣ самыхъ большихъ разваренныхъ картошки.

— Кушай и иди спать,— продолжала она послѣ минутнаго молчанія.

— Кушать готовъ съ восторгомъ, но что касается до того, чтобы идти спать, то, къ сожалѣнію, этого не могу исполнить такъ скоро, какъ бы мнѣ самому хотѣлось, потому что долженъ приготовить къ завтрашнему дню школьную задачу.

— А мы вотъ сейчасъ ляжемъ!— воскликнулъ Митя, и взявъ за руку сестричку Катю, немедленно пошелъ вмѣстѣ съ нею и Машутой въ сосѣднюю коморочку, гдѣ стояли ихъ кроватки. Катюша раздѣла сначала одного, потомъ другого; аккуратно сложила ихъ платьица, повѣсила на спинку стула чулочки, тщательно стряхнула пыль съ сапожекъ, и въ ожиданіи пока они заснутъ, молча, присѣла на низенькую скамеечку, которая всегда стояла въ углу около печки, чтобы спять съ самой себя свою грубую обувь, немилосердно давившую ноги.

— Господи! съ какимъ бы удовольствіемъ я тоже легла и уснула, по мнѣ объ этомъ нечего и думать... въ домѣ еще столько дѣла... столько дѣла...— проговорила она сама себѣ громко, и какъ бы въ подтвержденіе только-что сказаннаго, сейчасъ же тихонько, на цыпочкахъ, чтобы не разбудить успѣвшихъ уже заснуть дѣтей, вышла изъ комнаты.

Дѣдушку она уже не застала за столомъ; онъ тоже ушелъ спать, но Андрюша попрежнему сидѣлъ на мѣстѣ надъ своею задачею, которая никакъ у него не выходила; чѣмъ больше онъ старался, тѣмъ меньше получалось успѣха, бѣдняга сталъ терять терпѣніе и въ концѣ концовъ чуть не расплакался, когда вдругъ совершенно неожиданно для самого себя съ ужасомъ

7

замѣтилъ, что на тетрадкѣ, кромѣ безчисленныхъ помарокъ, еще есть двѣ большія расплывшіяся кляксы, за которыя его навѣрное ожидало наказаніе, такъ какъ учитель это всегда строго преслѣдовалъ. Катюша молча прибирала со стола остатки ужина и посуду; она тревожно поглядывала на брата, жаль ей его стало всей душой, но она знала, что Андрюша взволнуется еще больше, если она начнетъ его разспрашивать.

Такимъ образомъ прошло около часа; кончивъ приборку, Катюша прилегла на стоявшую тутъ же въ комнатѣ кровать, какъ была одѣтою, и притворилась спящею.

— Нѣтъ, я больше не въ силахъ! — вскричалъ вдругъ Андрюша; затѣмъ, съ отчаяніемъ махнувъ рукою, откинулъ въ сторону тетрадку, закрылъ лицо руками и, какъ снопъ, повалился на разостланный на полу тюфякъ, гдѣ за неимѣніемъ кровати спалъ постоянно. Глядя на него, сердце Катюши разрывалось на части, но она снова сдѣлала надъ собою усиліе молчать, и какъ только дождалась момента, когда увидѣла, что Андрюша заснулъ, такъ сію же минуту осторожно спрыгнула съ постели и тихими, неслышными шагами прокралась къ столу, на которомъ лежала исписанная вдоль и поперекъ и закапанная чернилами тетрадка. Представить ее въ такомъ видѣ учителю дѣйствительно было немыслимо... Что придумать, какъ поступить. Нѣсколько минутъ бѣдная дѣвочка стояла въ нерѣшимости, затѣмъ дрожащею отъ волненія рукою придвинула къ себѣ находившуюся на столѣ небольшую коробочку, достала изъ нея осколокъ разбитаго стекла и начала осторожно выскабливать кляксу; сначала ей показалось, что дѣло идетъ на ладъ, но когда она принялась заглаживать ногтемъ выскобленное мѣсто, то къ ужасу своему замѣтила, что оно было проскоблено насквозь.

"Ничего, — проговорила она себѣ мысленно,— я это дѣло исправлю, хотя исправить будетъ не легко, потому что придется вырвать цѣлую страницу и начисто переписать задачу... Впрочемъ, это выйдетъ даже къ лучшему, по крайней мѣрѣ не будетъ помарокъ...

И отложивъ въ сторону тетрадку, она рѣшила теперь лечь, такъ какъ свѣча, догорѣвшая до конца, ежесекундно могла погаснуть. По счастію, физическая усталость взяла верхъ надъ нравственнымъ состояніемъ духа: едва приложивъ голову къ подушкѣ, дѣвочка почти мгновенно погрузилась въ тотъ пріятный, хорошій, покойный сонъ, какимъ обыкновенно спятъ маленькія дѣти; но сонъ продолжался не долго; съ первыми лучами восходящаго солнца она проснулась, быстро соскочила съ кровати и прежнею тихою походкой, чтобы не разбудить Андрюшу, подкралась къ столу съ намѣреніемъ немедленно продолжать начатую наканунѣ работу, которая пошла у нея настолько хорошо и скоро, что ко времени пробужденія дѣдушки она ее окончила.

Собравъ остальныя книги Андрюши, она уложила ихъ вмѣстѣ съ переписанною тетрадкою и заранѣе приготовленнымъ завтракомъ въ его ранецъ, какъ обыкновенно дѣлала каждое утро, и начала накрывать скатерть на столъ, чтобы затѣмъ приготовить кипяченое молоко, замѣнявшее дѣдушкѣ и дѣтямъ утренній чай

— Андрюша, пора вставать, — разбудила она брата: — черезъ полчаса ты уже долженъ идти на урокъ.

Андрюша живо поднялся на ноги, въ одинъ мигъ собственноручно сложилъ матрацъ и, наскоро выпивъ молоко, собрался уходить въ школу.

— Постарайся не позже пяти часовъ быть на лугу, чтобы сгребать скошенное дѣдушкой сѣно,— сказала вслѣдъ ему Катюша.

— Не знаю, удастся ли мнѣ это сегодня,— какъ-то нерѣшительно отвѣтилъ ей мальчикъ.

— Почему?

— Потому что сегодня я, вѣроятно, буду наказанъ.

Катюша открыла ротъ, чтобы сказать еще что-то, но мальчикъ такъ скоро выбѣжалъ за дверь, что уже не могъ ее слышать.

ГЛАВА II

ПОДЪ ДОЖДЕМЪ

Справивъ всѣ домашнія работы, Катя тоже пошла въ школу, но занятія въ той школѣ, гдѣ находились дѣвочки, были отложены по случаю ремонта, и потому она сейчасъ же воротилась.

— Я могу состряпать обѣдъ, — обратилась она къ старушкѣ Мироновнѣ, одной изъ сосѣдокъ дѣдушки, которая обыкновенно приходила къ нимъ, чтобы въ отсутствіе Кати заниматься кухней.

— Что такъ скоро вернулась? — отозвалась Мироновна.

Катя объяснила старухѣ причину своего скораго возвращенія и начала подвязывать кухонный передникъ, чтобы смѣнить ее, къ великому удовольствію Маши и Мити, которые, боясь постоянной воркотни и брани Мироновны, всегда сердечно радовались когда она отъ нихъ уходила.

Часа черезъ два обѣдъ былъ готовъ; Катюша раздѣлила его на три части: одну для дѣдушка, другую для малютокъ, третью для себя и для Андрюши, такъ какъ оба они находили громадное удовольствіе обѣдать на воздухѣ въ тѣ дни, когда послѣ возвращенія изъ школы имъ приходилось оставаться на полѣ иногда до поздняго вечера. Дѣтокъ она покормила сейчасъ же; дѣдушкѣ обѣдъ снесла на сѣнокосъ и затѣмъ, дождавшись, когда онъ, накосивъ травы сколько полагалось для того, чтобы дѣти успѣли ее сграбить, пришелъ въ свою мастерскую и принялся за столярную работу, сама отправилась на поле.

11

О, съ какимъ нетерпѣніемъ поджидала она братишку, какъ горячо творила мысленную молитву о томъ, чтобы его не наказали, и какъ интересовалась сколько онъ получитъ балловъ за исправленную ею задачу.

— Господи! что-то онъ долго не приходитъ!— повторяла она чуть-ли не въ сотый разъ, то съ досадою откидывая прочь грабли, то съ какимъ-то лихорадочнымъ волненіемъ снова принимаясь за дѣло; чтобы сберечь обувь, она сняла ее и спрятала въ кусты, туда же поставила обѣдъ, завязанный въ небольшой платокъ, и бутылочку съ холоднымъ кофе — любимое лакомство Андрюши, который, по ея разсчетамъ, долженъ былъ придти сейчасъ же.

Часовъ при себѣ она, конечно, не имѣла; но крестьяне привыкли узнавать время но тому, съ которой стороны свѣтитъ солнце, и Катя тоже этому почти научилась.

— Вѣрно наказанъ!— вскричала она вдругъ, повернувъ голову по тому направленію, откуда свѣтило солнышко, и уже готова была расплакаться, какъ вдругъ услыхала позади себя какой-то шорохъ.

— Онъ, онъ!..— снова воскликнула дѣвочка, и въ полной увѣренности видѣть Андрюшу, со всѣхъ ногъ бросилась бѣжать впередъ по тропинкѣ, чтобы его встрѣтить, но, къ великому своему удивленію и отчасти даже неудовольствію, вмѣсто Андрюши, какъ говорится, лицомъ къ лицу столкнулась съ какой-то совершенно незнакомой ей пожилой дамой, которая шла медленнымъ шагомъ, держа за руку чрезвычайно хорошенькую, нарядно одѣтую дѣвочку.

— Простите, сударыня,:— обратилась къ нимъ Катя,— я чуть не сбила васъ съ ногъ... Я думала, что это мой братишка и бѣжала его встрѣтить.

Пожилая дама, вмѣсто отвѣта, ласково улыбнулась и взглянула на Катю такими добрыми, привѣтливыми глазами, что Катя съ перваго же раза невольно почувствовала къ ней симпатію и полное довѣріе.

— Ты шла встрѣтить твоего брата?— спросила, между тѣмъ, дѣвочка.

Катя утвердительно кивнула головкою.

— Онъ откуда долженъ придти?

— Изъ школы.

— А ты сама въ школу развѣ не ходишь?

— Хожу; я даже сегодня была тамъ, но насъ, дѣвочекъ, распустили раньше, что для меня очень удобно, потому что я по крайней мѣрѣ могу больше награбить сѣна.

— Почему у тебя босыя ноги?— продолжала разспрашивать маленькая барышня.

— Потому что я берегу обувь, здѣсь меня никто не видитъ, а кончу работу, пойду домой — обуюсь.

— Но вѣдь тебѣ, вѣроятно, больно ступать босыми ногами на траву и на кочки.

— Сперва было больно, а теперь ничего — привыкла.

Нѣсколько минутъ продолжалось молчаніе, но затѣмъ Зиночка — такъ звали маленькую барышню — заговорила снова, спросивъ Катюшу, гдѣ живутъ и чѣмъ занимаются ея родители.

— Я сирота,— отозвалась Катюша, и въ короткихъ словахъ разсказала про себя, Андрюшу, Митю и Машу, все то, что намъ уже извѣстно.

Зиночка и бабушка ея Анна Петровна слушали разсказъ съ большимъ интересомъ, затѣмъ, когда разсказъ былъ оконченъ, Зиночка полюбопытствовала узнать, что находится въ узелкѣ, спрятанномъ подъ кустъ вмѣстѣ съ обувью.

— Нашъ обѣдъ,— пояснила Катя, и развязавъ красный бумажный платокъ, въ которомъ былъ спрятанъ чугунокъ съ перловой похлебкой и небольшой глиняный горшечекъ съ манной кашей, показала то и другое Зиночкѣ.

— Значить, вы обѣдаете сидя на травѣ, безъ скатерти, безъ тарелокъ, безъ ножей и безъ вилокъ; какъ бы мнѣ хотѣлось хоть разъ въ жизни пообѣдать такъ... это, должно быть, очень весело!

— Да, мы не скучаемъ, особенно, когда на душѣ у каждаго изъ насъ покойно.

Послѣднія слова Катя сказала нѣсколько упавшимъ голосомъ, они невольно сорвались у нея съ языка, такъ какъ мысль о томъ, что Андрюша, вѣроятно, наказанъ, не переставала тревожить ее.

Что касается Зиночки, то, сказавъ: "это, должно быть, очень весело", она надѣялась, что Катя пригласить ее съ нею пообѣдать, но Катѣ ничего подобнаго не могло придти въ голову, да и кромѣ того, Анна Петровна, взглянувъ на свои карманные часы, замѣтила, что пора идти домой, такъ какъ скоро наступить время ихъ собственнаго обѣда.

Разставшись съ своими новыми знакомыми, Катя усердно принялась за работу, чтобы наверстать потерянное въ разговорѣ время.

Нѣсколько минутъ спустя, дѣвочка снова услыхала шорохъ-на этотъ разъ это уже былъ дѣйствительно Андрюша. Она взглянула на него съ замирающимъ сердцемъ и хотѣла узнать по выраженію лица, въ какомъ онъ находится настроеніи.

Мальчикъ выглядѣлъ покойнымъ и даже веселымъ — Катюша вздохнула свободнѣе.

— Ну, что, какъ?— спросила она, улыбаясь: — задача сошла благополучно?

14

— Совершенно; я разскажу тебѣ все подробно, только не сейчасъ, а немного погодя, во время обѣда, теперь же примусь за работу изо всѣхъ силъ, иначе мы не успѣемъ окончить къ вечеру то, что приказано дѣдушкой, я вѣдь, ты знаешь, не умѣю сразу дѣлать два дѣла; и если начну разсказывать, то работа остановится...

— Я согласна ждать, но съ тѣмъ, что за мое терпѣніе ты разскажешь мнѣ все какъ можно подробнѣе.

Андрюша взялъ въ руки грабли, вытеръ катившіяся по лицу его крупныя капли лота и ретиво принялся за дѣло; Катя не отставала отъ него. Работа кипѣла ключомъ, маленькія ручки обоихъ работниковъ ни одной минуты не оставались въ бездѣйствіи, до тѣхъ поръ, пока они, наконецъ, увидали, что трудъ ихъ настолько подвинулся впередъ, что они въ скоромъ времени окончатъ все, что слѣдуетъ

— Ну, Катюша, теперь я, пожалуй, и одинъ справлюсь, а ты похлопочи на счетъ обѣда, — обратился мальчикъ къ сестричкѣ.

Катя, давно уже чувствовавшая голодъ, не заставила дважды повторить себѣ предложеніе похлопотать объ обѣдѣ; въ одинъ мигъ прибрала она грабли, съ наслажденіемъ вытянула обѣ руки и затѣмъ, подойдя къ кусту, въ срединѣ котораго стоялъ ихъ неприхотливый обѣдъ, принялась развязывать красный платокъ, чтобы достать оттуда похлебку и кашу.

День стоялъ очень жаркій, солнце пекло невыносимо, надо было постараться найти какое-нибудь укромное мѣстечко, гдѣ было бы хотя немного тѣни; задача эта оказалась очень трудная... Катя нѣсколько минутъ стояла въ нерѣшимости, поглядывая то направо, то налѣво, затѣмъ приложила указательный палецъ ко лбу и закрыла глаза, какъ бы что-то обдумывая.

— Прекрасная мысль! — вскричала она, наконецъ, и,

приподнявшись на кончикахъ пальцевъ, поспѣшно связала веревочками двѣ длинныя вѣтки одного развѣсистаго куста, потомъ сняла съ себя верхнюю юбку, укрѣпила ее на нихъ въ видѣ занавѣси, подъ которою тѣни оказалось совершенно достаточно.

— Готово!— крикнула она Андрюшѣ, разложивъ на травѣ обѣдъ и поставивъ около бутылку съ холоднымъ кофе.

— Ба, ба, ба! какую превосходную палатку состроила!— отозвался явившійся на зовъ ея братишка: — это только тебѣ можеть придти въ голову, другой бы ни за что не догадаться; милая моя, хорошая моя, умница сестричка.

— Ну, ну, безъ похвалы, я не люблю, когда меня хвалятъ, да и хвалить-то, собственно говоря, не за что; лучше скорѣе садись кушать, да приступай къ разказу о сегодняшней задачѣ.

Андрюша кивнулъ головою и, расположившись рядомъ съ Катей на травѣ, принялся за обѣдъ съ большимъ аппетитомъ.

— А вотъ и кофе,— сказала дѣвочка, подвигая бутылку, когда послѣднее блюдо было окончено.

Андрюша очень охотно отхлебнулъ отъ своего любимаго напитка нѣсколько глотковъ, затѣмъ остальное передалъ Катѣ.

— Сегодня безъ гущи,— сказалъ онъ шутя,— сегодня тебя наказывать не за что,— и сейчасъ же приступилъ къ разсказу, который Катя ожидала съ большимъ нетерпѣніемъ.

— Когда я пришелъ въ школу, — началъ онъ, откашлявшись,— то у меня дрожали руки и ноги; сначала мнѣ хотѣлось притвориться больнымъ и просить разрѣшенія уйти домой, но потомъ я вспомнилъ, что задачу у меня возьмутъ во всякомъ случаѣ, и рѣшилъ подать тетрадку съ полной увѣренностью въ душѣ, что учитель, взглянувъ на нее, сейчасъ жъ наложить на меня какое-нибудь наказаніе; но каково было мое удивленіе, когда я вдругъ увидѣлъ, что вмѣсто того, чтобы отбросить въ сторону грязную, вдоль и поперекъ исписанную тетрадку, какъ онъ обыкновенно поступалъ въ подобныхъ случаяхъ, онъ сталъ читать ее со вниманіемъ: "Задача написана вѣрно,— обратился онъ ко мнѣ,— чисто, безъ поправокъ, но написана не твоей рукою".

Я смотрѣлъ на него широко раскрытыми глазами, и въ первую минуту рѣшительно пе могъ понять смысла сказанныхъ имъ словъ.— "Да,— продолжалъ онъ недовольнымъ голосомъ,— дѣлать удивленные глаза и притворяться нечего, ты отлично знаешь, что задача писана не твоей рукою".— "Я самъ писалъ ее, господинъ учитель,— возразилъ я смѣло;— что касается помарокъ и чистоты работы, то вы, конечно, шутите, я знаю, что работа сдѣлана неаккуратно..." — "Съ чего ты взялъ, что я буду шутить съ тобою,— продолжалъ учитель уже гнѣвно:— садись на мѣсто и знай, что за ложь и обманъ будешь сегодня наказанъ!" — "Я еще никогда въ жизни не лгалъ и не обманывалъ", — крикнулъ я съ отчаяніемъ на весь классъ и залился слезами. Учитель, должно быть, услыхалъ въ этомъ возгласѣ правду, подозвалъ меня къ себѣ, показалъ тетрадь и потребовалъ искренняго, чистосердечнаго отвѣта. Мнѣ достаточно было взглянуть на первую строчку, чтобы сразу догадаться, что наша милая, дорогая сестричка Катя сжалилась надъ моими страданіями, не пожалѣла собственныхъ силъ, и въ то время, какъ я спокойно спалъ, вмѣсто того, чтобы отдыхать тоже, чуть не всю ночь просидѣла за исправленіемъ задачи. Все это я ему разсказалъ подробно...

— Ну, ну, и что же дальше?— съ любопытствомъ прервала Катя, замѣтивъ въ голосѣ брата слезы, которыя мѣшали ему говорить.

— Онъ простилъ меня,— продолжалъ Андрюша,— и сказалъ, что я долженъ гордиться такой сестрою.

— Положимъ, это слишкомъ сильно сказано, гордиться особенно тутъ нечѣмъ.

— Нѣтъ, Катя, есть чѣмъ, я это отлично понимаю, горжусь и считаю себя совершенно счастливымъ, что у меня такая добрая, милая, умная и хорошая сестричка... Да, да я могъ бы по совѣсти считать себя дѣйствительно совершенно счастливымъ, если бы...

— Если бы что? — съ тревогой переспросила Катя.

— Если бы могъ осуществить свое завѣтное желаніе.

— Какое?

— Развѣ ты не догадываешься?

— Нѣтъ, кажется, немного догадываюсь — твоя завѣтная мечта имѣть коньки, но вѣдь этотъ вопросъ рѣшенъ давно. Дѣдушка обѣщалъ тебѣ выдать денегъ на покупку ихъ, какъ только нашъ маленькій теленочекъ Пѣгашка подростетъ настолько, что его можно будетъ отвести въ городъ и продать на рынкѣ.

— Я не о конькахъ говорю, Катюша, — отозвался мальчикъ, лѣниво вытягиваясь на травѣ, — коньки понадобятся еще только зимою.

— Ахъ да, помню... помню... тебѣ хотѣлось имѣть еще перочинный ножикъ.

Андрюша утвердительно кивнулъ головою. Закрывъ глаза, онъ продолжалъ лежать молча, неподвижно. Катя не отрывала отъ него взора и боялась пошевелиться.

— Уснулъ, — прошептала она едва слышно.

Мальчуганъ дѣйствительно, незамѣтно для самого себя и неожиданно для Кати, погрузился въ крѣпкій сонъ; очевидно, только-что пережитое въ школѣ волненіе по поводу злосчастной тетрадки, залитой чернилами, и затѣмъ спѣшная работа на полѣ утомили его.

Осторожно прибравъ остатки обѣда, Катя тоже прилегла

отдохнуть рядомъ съ братомъ; солнышко свѣтило весело, но въ воздухѣ чувствовалась та томительная, удручающая жара, которая обыкновенно чувствуется передъ грозою.

Катя хотѣла даже снять съ вѣтвей импровизированную палатку, но боязнь разбудить брата остановила ее; она постаралась расположиться такимъ образомъ, чтобы палатка не мѣшала ей любоваться чистымъ голубымъ небомъ и наблюдать за тѣмъ, какъ по немъ несутся тучки и облака, которыя то разбивались на части, барашками, расходясь въ разныя стороны, то громоздились вмѣстѣ въ одну общую, большую, широкую массу... Катя любила это наблюденіе, оно дѣйствовало на нее успокоивающимъ образомъ... Слѣдя своими хорошенькими глазками за различными формами и направленіями облаковъ, она постепенно уносилась въ какое-то волшебное царство, и припоминая слышанные отъ покойной матери разсказы про разные сказочные замки и про волшебницъ, представляла себя героинею, садилась на коверъ-самолетъ и мчалась далеко, далеко... Мчалась мимо хрустальныхъ замковъ, мимо медовыхъ рѣкъ, мимо пряничныхъ береговъ... Воображала себя волшебницею...

Старикъ Иванъ, между тѣмъ, усердно работая дома на своемъ столярномъ верстакѣ, тоже отъ времени до времени останавливалъ глаза на небѣ, по останавливалъ не потому, чтобы вмѣстѣ съ Катей мысленно нестись на коврѣ-самолетѣ мимо хрустальныхъ замковъ, медовыхъ рѣкъ и пряничныхъ береговъ, а потому, что, предугадывая скорую грозу, тревожно слѣдилъ за тѣмъ, какъ облака, съ каждой почти минутой сгущаясь все больше и больше, превращались въ мрачную грозовую тучу, — старикъ боялся за своихъ внуковъ; по разсчету времени онъ зналъ, что въ данный моментъ они должны были находиться на сѣнокосѣ, и его серьезно тревожила мысль, чтобы съ ними не приключилось какого несчастія.

— Дѣдушка, ты собирался сегодня идти на поле убирать сѣно и обѣщалъ взять меня съ собою, — раздался вдругъ надъ самымъ ухомъ старика голосъ маленькой Маши, просунувшей свою кудрявую головку въ полуоткрытую дверь, ведущую въ сосѣднее помѣщеніе.

— Развѣ можно идти куда-нибудь, когда небо все кругомъ обложено тучами,— отозвался дѣдушка,— сейчасъ польетъ дождикъ.

Какъ бы въ подтвержденіе только-что сказанныхъ словъ старика, дождь дѣйствительно полилъ точно изъ ведра и, подгоняемый сильнымъ порывомъ вихря, съ такою силою заколотилъ по стекламъ, что Маша даже испугалась.

— А гдѣ Митя?— спросилъ дѣдушка.

— Не знаю, — отвѣчала Маша, — онъ былъ на дворѣ, мы играли въ пятнашки.

— Надо позвать его, онъ весь смокнетъ.

Маша сдѣлала нѣсколько шаговъ впередъ, чтобы исполнить приказаніе дѣдушки, но въ тотъ самый моментъ ярко блеснула молнія, и вслѣдъ за тѣмъ сейчасъ же раздался страшный раскатистый ударъ грома, отъ котораго задрожали рамы.

— Ай, ай, ай!— вскричала дѣвочка, подбѣжавъ ближе къ старику и прижимаясь къ его колѣнямъ.

— Ай, ай, ай!— послышался ей въ отвѣтъ откуда-то снизу голосъ Мити. Старикъ и дѣвочка обернулись.

— Митя, да гдѣ же ты?— спросилъ дѣдушка, оглядываясь по сторонамъ.

Митя поспѣшно вылѣзъ изъ-подъ лавки.

— Какими судьбами ты попалъ туда?— продолжалъ дѣдушка, едва не расхохотавшись.

— Я шелъ къ тебѣ вмѣстѣ съ Машей, просить взять меня тоже

на сѣнокосъ, какъ вдругъ дождикъ такъ громко застучалъ по окнамъ, что мнѣ сдѣлалось страшно, я боялся, что онъ разобьетъ стекла, зальетъ нашъ домикъ, и чтобы меня не унесло вихремъ, спрятался подъ скамейку.

Дѣдушка погладилъ мальчика по головѣ и въ короткихъ словахъ постарался успокоить, что ничего подобнаго случиться никогда не можетъ.

— Гдѣ-то наша сестричка Катя и Андрюша,— замѣтила, между тѣмъ, Маша, не отходя отъ старика и крѣпко вцѣпившись ручонками въ полу его кафтана.

— Да, я самъ объ этомъ думаю, — отозвался дѣдушка,— они меня очень безпокоятъ, я сейчасъ одѣнусь и пойду къ нимъ на встрѣчу.

— Нѣтъ, милый дѣдушка, не ходи, ради Бога не ходи; намъ будетъ страшно оставаться однимъ, — взмолились малютки.

Дѣдушка попробовалъ было уговорить ихъ, доказывая, что если имъ кажется страшнымъ сидѣть въ сухой комнатѣ, то каково же Катѣ и Андрюшѣ подъ открытымъ небомъ, но чѣмъ больше онъ уговаривалъ, тѣмъ выходило хуже, дѣти не принимали никакихъ резоновъ, и только тогда согласились отпустить его, когда гроза, вихрь и дождь перестали.

— Сидите смирно, не шалите и не вздумайте выбѣгать на улицу,— строго приказалъ дѣдушка, послѣ чего немедленно, взявъ лежавшій на окнѣ большой платокъ покойной жены и надѣвъ шапку, торопливымъ шагомъ вышелъ изъ дома.

Андрюша и Катя, между тѣмъ, плотно прижавшись другъ къ другу, сидѣли подъ тѣмъ самымъ кустомъ, гдѣ буря застала ихъ обоихъ спящими,— я говорю обоихъ, такъ какъ Катя, въ концѣ концовъ, тоже заснула. Ей снилась добрая волшебница, одѣтая въ прекрасное бѣлое, вышитое драгоцѣнными каменьями платье; Катя стояла передъ нею на колѣняхъ и умоляла подарить Андрюшѣ перочинный ножикъ и коньки, которые волшебница держала въ своей изящной бѣленькой ручкѣ. Волшебница вмѣсто отвѣта поддразнивала ее, то протягивая впередъ руку съ коньками и ножикомъ, то постепенно отдергивая назадъ. Катя начинала терять терпѣніе.— "Перестаньте мучить меня!" — крикнула она волшебницѣ, и хотѣла сдѣлать шагъ впередъ, чтобы схватить ее за рукавъ, какъ вдругъ почувствовала, что ея собственныя ноги начинаютъ холодѣть и мокнуть... Тутъ она проснулась, открыла глаза... Чудное видѣніе исчезло, она сразу поняла, что это былъ сонъ; вмѣсто волшебнаго замка, взорамъ ея представилась импровизированная палатка, вмѣсто нарядной волшебницы, она увидала передъ собою спящаго Андрюшу, красиваго, бѣлокураго мальчика, никогда еще не казавшагося ей такимъ забитымъ, такимъ усталымъ, какъ сегодня... Вмѣсто блеска, окружавшаго волшебный замокъ, она увидѣла себя въ темнотѣ; страшна, я грозовая туча, казалось, ежеминутно готова была спуститься на землю; вдали слышались уже раскаты грома, дождь и вѣтеръ съ каждою минутою усиливались.

— Андрюша, Андрюша, вставай!— крикнула она брату, сильно толкая его подъ бокъ; но добудиться Андрюшу оказалось дѣломъ не легкимъ; мальчикъ спалъ крѣпко.

— Вставай, вставай,— продолжала она, теребя его за волосы.

— Что тебѣ надо, что случилось?— откликнулся онъ наконецъ, лѣниво протирая заспанные глаза.

— Посмотри, что вокругъ творится.

Услыхавъ раздавшійся въ ту минуту страшный ударъ грома, тотъ самый, который такъ перепугалъ Машу и Митю, мальчуганъ очнулся.

— Бѣжимъ скорѣе домой, — сказалъ онъ въ первую минуту, но затѣмъ сейчасъ же сообразилъ, что бѣжать во время грозы и ливня будетъ еще страшнѣе и непріятнѣе. Катя съ этимъ вполнѣ согласилась, а потому, предоставивъ себя на волю Божью и укрывшись насколько возможно собственнымъ верхнимъ платьемъ, они твердо рѣшили не двигаться съ мѣста до тѣхъ поръ, пока погода хотя нѣсколько утихнетъ.

По счастію, ожидать пришлось не особенно долго; буря пронеслась быстро, какъ это большею частію бываетъ лѣтнею порой. Катя первая вылѣзла изъ засады, за нею вылѣзъ Андрюша; оба они оказались промокшими насквозь, вода лилась у нихъ по спинѣ, по груди, изъ рукавовъ цѣлыми потоками.

— Озябла?— тревожно спросилъ Андрюша, обращаясь къ сестрѣ полу-шутя, полу-серьезно.

— Не могу сказать, чтобы озябла; лѣтомъ это рѣдко случается, но въ общемъ непріятно, — отвѣчала Катя, выжимая обѣими руками намокшую косу.— Ничего, не бѣда, — продолжала она, — я о себѣ не думаю, а вотъ кто тревожитъ меня, такъ наши маленькіе Митя и Маша; хорошо, если дѣдушка дома, а если нѣтъ, то какого страха они должны были набраться...

— Дѣдушка навѣрное дома, онъ въ эти часы всегда занимается столярною работою, да и идти-то ему некуда, кромѣ какъ на поле, гдѣ мы, конечно, сейчасъ бы его увидали.

Разсуждая подобнымъ образомъ, дѣтки подвигались впередъ по направленію къ дому, но идти пришлось медленно, потому что размытая дождикомъ дорога оказалась до того скользкою, что на ней едва можно было передвигать ноги. Около получаса шли они молча, съ любопытствомъ и съ состраданіемъ смотрѣли на прибитую книзу траву, цвѣты и колосья; обоимъ не разъ даже приходило въ голову, что разсвирѣпѣвшая буря, быть можетъ, надѣлала бѣдъ и въ домикѣ дѣдушки, по ни тотъ, ни другой не рѣшились громко высказаться.

— Катя, посмотри-ка направо, — воскликнулъ вдругъ Андрюша, — вѣдь это дѣдушка идетъ по дорогѣ, какъ разъ къ намъ на встрѣчу!

Катя поспѣшно обернула головку по тому направленію, на которое указывалъ ей братъ, и увидавъ хорошо знакомую фигуру старика Ивана, постаралась, насколько возможно, ускорить шаги, чтобы подойти къ нему ближе.

— Дѣдушка, — заговорила она наконецъ, когда онъ могъ ее разслышать,— милый дѣдушка, ты давно ушелъ изъ дома?

— Нѣтъ, а что?— въ свою очередь спросилъ дѣдушка.

— Неужели Митя и Маша оставались одни въ эту страшную грозу?

— Я никогда бы не ушелъ отъ нихъ во время бури, несмотря на то, что сильно безпокоился о васъ; но, Боже мой, какъ вы намокли, на васъ нѣтъ, какъ говорится, нитки сухой; вотъ на, накинь на плечи хоть этотъ платокъ, — добавилъ старикъ, окутывая свою маленькую внучку захваченнымъ съ собою большимъ платкомъ.— А ты, Андрюша, изволь-ка нарядиться въ мой кафтанъ, — обратился онъ къ мальчику, поспѣшно снявъ съ себя верхнее платье и почти силою надѣвая его мальчугану.

— А ты самъ-то какъ же?— отозвался послѣдній, приподнимая руками обѣ полы кафтана, которыя волоклись по грязи.

— На мнѣ бѣлье сухое, я вѣдь сидѣлъ въ комнатѣ. Ну, а какъ вы себя чувствовали, разскажите-ка.

Братъ и сестра наперебой другъ передъ другомъ старались передать старику мельчайшія подробности всего ими пережитаго и перечувствованнаго, послѣ чего онъ, въ свою очередь, сдѣлалъ то же самое.

— Бабушка, посмотри, вѣдь это та самая маленькая дѣвочка, съ которой мы недавно разговаривали въ полѣ,— услыхала вдругъ Катя гдѣ-то по близости невидимый голосъ.— Я узнала ее, она идетъ съ какимъ-то незнакомымъ старикомъ и маленькимъ мальчикомъ, одѣтымъ въ такое длинное пальто, что бѣдняжка каждую минуту въ немъ путается.

24

Катя подняла голову и начала осматриваться во всѣ стороны.

— Что ты?— спросилъ Иванъ.

— Я не могу понять, откуда слышится этотъ голосъ,— отвѣчала Катя.

Старикъ молча указалъ на одну изъ дачъ, мимо которой они проходили. Катя, увидя на балконѣ знакомую намъ добродушную старушку Анну Петровну и ея маленькую внучку Зиночку, улыбнулась имъ. Зиночка на улыбку ея отвѣтила тоже улыбкою.

— Бабушка, позволь мнѣ спуститься внизъ поговорить съ дѣвочкой, я хочу узнать, гдѣ она была во время грозы и съ кѣмъ идетъ теперь?— просила Зиночка. Но бабушка сказала, что дѣвочка навѣрное промокла и озябла, а потому задерживать ее не слѣдуетъ.

— Завтра она, конечно, опять пойдетъ по той же дорогѣ на поле, — замѣтила старушка въ заключеніе,— тогда можете наговориться вдоволь.

Послѣднихъ словъ Анны Петровны ни Катя, ни Андрюша не могли разслышать, такъ какъ давно уже миновали ея дачу.

ГЛАВА III

БѢДА

— Вотъ и пришли!— радостно вскричала Катя, когда они, наконецъ, послѣ непродолжительнаго перехода очутились около своего домика.— Ну, слава Богу, все цѣло и невредимо стоитъ, какъ стояло прежде.

Андрюша на это замѣчаніе молча улыбнулся, но Катя безъ словъ поняла по выраженію его глазъ, что онъ, съ своей стороны, тоже не былъ покоенъ относительно того, все ли благополучно дома, и только теперь вздохнулъ свободнѣе.

— Гдѣ же наши маленькіе?— спросилъ онъ, удивляясь тому, что ни Маша, ни Митя не выбѣжали къ нимъ на встрѣчу.

Катю это тоже немного встревожило, она хотѣла сейчасъ же пойти ихъ разыскивать, но дѣдушка приказалъ прежде снять съ себя мокрое бѣлье и платье; ослушаться его приказаній было немыслимо; Катя знала характеръ старика, а потому, скрѣпя сердце, поспѣшила удалиться въ свое помѣщеніе, гдѣ за пестрой ситцевой занавѣской висѣло ея платье. Дѣдушка и Андрюша, между тѣмъ, пошли въ сосѣднее помѣщеніе.

— Они навѣрное въ моей мастерской,— замѣтилъ Иванъ:— это ихъ излюбленное мѣсто.

— Очень можетъ быть, — согласился Андрюша, послѣдовавъ за старикомъ въ столярную мастерскую.

Едва успѣли они перешагнуть ея порогъ, какъ услыхали въ углу за станкомъ не то какой-то непонятный шорохъ, не то стонъ, не то сдержанное всхлипываніе. Андрюша бросился туда первый.

— Маша, Машута, дорогая, что съ тобою?— вскричалъ онъ, со страхомъ всплеснувъ руками.

На крикъ его Иванъ бросился туда же.

Оба они нѣсколько секундъ стояли въ изумленіи, глядя на малютку-Машу, которая, барахтаясь подъ двумя опрокинутыми на нее стульями, съ тихимъ всхлипываніемъ что-то бормотала, но бормотала такъ невнятно, что ее съ трудомъ можно было понять.

— Да что такое приключилось? Гдѣ Митя? хоть бы онъ намъ разсказалъ, въ чемъ дѣло, — отозвался дѣдушка, оглядываясь по сторонамъ и отыскивая глазами маленькаго внука.

— Я здѣсь,— послышался, наконецъ, пискливый голосокъ послѣдняго, и мальчуганъ нерѣшительно вылѣзъ изъ-подъ той же самой лавки, подъ которою сидѣлъ, спрятавшись, во время грозы.

— Коли забрался подъ лавку, значить набѣдокурилъ, — строго замѣтилъ дѣдушка, знавшій, что Митя дѣйствительно имѣлъ привычку забиваться въ темное мѣсто всякій разъ, когда чего-нибудь пугался.

— Дѣдушка, мы хотѣли устроить гору изъ опрокинутыхъ кверху стульевъ, — заговорилъ мальчикъ нѣсколько дрожащимъ голосомъ:— два раза скатились хорошо, а на третій Маша опрокинулась и такъ сильно ушибла себѣ ножку, что начала кричать и плакать на весь домъ... Я попробовалъ поднять ее, но у меня не хватило силъ, да сна и не позволяла до себя дотронуться... Началъ я тебя звать, ты не слышалъ, потому что ушелъ изъ дома; началъ кричать Катю, Андрюшу — они тоже не могли меня слышать, потому что ушли еще раньше тебя...

Пока Митя разсказывалъ все какъ было, дѣдушка, съ помощью Катюши, успѣвшей переодѣться и прибѣжать въ столярную мастерскую, бережно поднималъ малютку.

27

— Ай, ай! больно, больно!— кричала послѣдняя, какъ только до нея дотрогивались.

— Гдѣ больно, что болитъ,— съ участіемъ спрашивала Катя.

— Ножка... ножка болитъ, — отвѣчала ей малютка и сейчасъ же принималась плакать.

Катя уложила ее въ кроватку; раздѣла, разула; оказалось, что правая ножка дѣйствительно исцарапана и, кромѣ того, припухши. Бѣдная дѣвочка не переставала плакать; маленькое миловидное личико ея приняло болѣзненное выраженіе, а хорошенькіе, всегда веселые глазки блестѣли какимъ-то неестественнымъ лихорадочнымъ блескомъ. Старикъ Иванъ струхнулъ не на шутку.

— Сбѣгай-ка за докторомъ, — обратился онъ къ Андрюшѣ: — знаешь вѣдь гдѣ онъ живетъ — на краю деревни.

Андрюша сію же минуту бросился исполнять приказаніе дѣдушки и менѣе чѣмъ черезъ полчаса вернулся обратно въ сопровожденіи доктора, который, осмотрѣвъ малютку, объявилъ, что особенной опасности въ ея настоящемъ положеніи не видитъ, что перелома нѣтъ и что она просто сильно ушиблась.

— Надо немедленно сдѣлать перевязку и затѣмъ почаще мѣнять компрессъ; только кто все это вамъ будетъ исполнять? Мироновна сегодня занята стиркою, я знаю, потому что она и ко мнѣ не явилась поливать цвѣты, какъ взялась по уговору, — сказалъ докторъ, ловко принявшись за перевязку.

— Мы обойдемся безъ Мироновны,— сухо замѣтилъ Андрюша, не любившій старую сосѣдку за то, что она вѣчно ворчала и придиралась ко всѣмъ вообще, а къ нему особенно.

Докторъ взглянулъ на него вопросительно.

— Обойдемся,— повторилъ мальчуганъ: — сестричка Катя

сдѣлаетъ все, что надо, если не лучше, то навѣрное уже не хуже Мироновны.

— Позови сюда твою сестричку, — продолжалъ докторъ:— я хочу, чтобы она присутствовала при перевязкѣ, и кромѣ того долженъ еще ей сдѣлать нѣкоторыя наставленія.

— Я здѣсь, господинъ докторъ, — отозвалась Катя, съ улыбкою взглянувъ на доктора, — я все время смотрѣла, какъ вы дѣлаете перевязку, и мнѣ кажется, настолько поняла, что сама могу сдѣлать точно такъ же.

— Ну, ну, попробуй.

Катя взяла изъ рукъ его бинтъ и такъ ловко стала накручивать его на больную ножку Маши, что докторъ положительно удивился.

— Поздравляю тебя, малютка, — обратился онъ къ Машѣ:— съ такою сидѣлкою, какъ твоя сестричка Катя, легко понравиться отъ болѣзни; ручаюсь головою, что къ концу недѣли ты будешь въ состояніи играть и прыгать, какъ играла и прыгала до сихъ поръ.

Съ этими словами онъ вышелъ изъ комнаты, обѣщая въ скоромъ времени прійти навѣстить маленькую паціентку, которой при прощаньи строго-на-строго приказалъ во всемъ и всегда слушаться Катю.

Послѣ его ухода Маша почти сейчасъ же заснула. Катя принялась приготовлять ужинъ.

— Есть-ли у насъ свѣжее молоко, если въ случаѣ малютка проснется и станетъ просить пить?— заботился дѣдушка, тихонько притворяя дверь въ помѣщеніе, занятое больною.

Катя немедленно сходила на погребъ, принесла оттуда цѣлую крынку прекраснаго свѣжаго молока, и отдѣливъ, сколько требовалось на долю Маши, остальное разлила по стаканамъ для дѣдушки, Андрюши и Мити; самой ей ничего не хотѣлось; она слишкомъ была взволнована, чтобы думать о пищѣ; ее главнымъ образомъ заботила и тревожила Маша.

Митю она уложила спать сейчасъ же послѣ ужина, Андрюшѣ посовѣтовала еще съ часикъ заняться уроками, а сама, прибравъ посуду и приготовивъ все необходимое на слѣдующій день, снова поспѣшила войти въ комнату, гдѣ лежала маленькая Маша, и начала внимательно прислушиваться къ ея дыханію.

Малютка спала, повидимому, спокойно, лежа на спинѣ съ сложенными на груди ручками, но расположилась на кровати такимъ образомъ, что для другого уже мѣста не было.

"Ничего, я какъ-нибудь на стулѣ примощусь, а то и на полу", — мысленно проговорила сама себѣ Катя, затѣмъ, не спѣша, снявъ чулки и башмаки, расположилась на стоявшемъ около постели стулѣ, насколько возможно удобнѣе.

Невольно поддаваясь томившему ее чувству усталости, она почти сейчасъ же заснула. Спать, однако, ей пришлось не долго; часа черезъ полтора Маша проснулась и, неосторожно пошевеливъ больною ножкою, почувствовала снова прежнюю жгучую боль, которая заставила ее даже заплакать.

— Маша, Машута?— заботливо откликнулась Катя и, въ одинъ мигъ вскочивъ на ноги, нагнулась къ изголовью.

— Больно... жарко... душно...— пролепетала малютка.

Катя принялась мѣнять компрессъ, но дѣвочку это не успокоило, какъ раньше, она продолжала плакать, стонать, утверждала, что ей душно, настоятельно требовала, чтобы Катя открыла окно.

— Но, дорогая моя, это невозможно,— возражала Катя,— ты простудишься, на дворѣ стало очень холодно и, кромѣ того, пошелъ дождикъ; развѣ ты не слышишь, какъ онъ стучитъ по стекламъ.

Дождь, дѣйствительно, съ шумомъ ударялъ о стекла, скатываясь внизъ крупными каплями, что невольно заставило Машу прекратить просьбы о томъ, чтобы открыть окно.

— Тогда дай мнѣ, по крайней мѣрѣ, холодной воды умыть лицо и руки, я хочу хотя немного освѣжиться, — снова заговорила Маша послѣ минутнаго молчанія.

На это добрая сестричка Катя охотно согласилась.

— Теперь постарайся заснуть, — совѣтовала она больной малюткѣ, и прикрыла ее одѣяломъ.

— Нѣтъ, Катя, я больше не могу спать, выспалась,— отвѣчала послѣдняя.— Лучше ты разскажи мнѣ какую-нибудь интересную историйку.

Катя зѣвнула, утомленные глазки ея едва смотрѣли, а личико казалось до того усталымъ и даже словно исхудавшимъ, что невольно внушало состраданіе, но Маша была слишкомъ мала для того, чтобы понять это; схватившись горячими ручками за руку сестрички Кати, она начала трясти ее и не переставала упрашивать разсказать что-нибудь интересное.

Катя опустилась на полъ и, присѣвъ на колѣнки, старалась устроиться такимъ образомъ, чтобы Машутѣ было удобнѣе ее слушать.

— Въ нѣкоторомъ царствѣ, въ нѣкоторомъ государствѣ, жилъ царь съ царицею,— начала она позѣвывая:— у нихъ была дочка...

— Я эту сказку знаю,— остановила ее Машута,— и не хочу слушать; разскажи другую.

Катя повиновалась, но всѣ начатыя ею сказки не приходились

по вкусу больному ребенку; — малютка останавливала ее на первыхъ словахъ... Катя относилась къ ея капризамъ съ замѣчательнымъ терпѣніемъ, и очень обрадовалась, когда въ концѣ концовъ нашла новую сказку, которой могла угодить своей маленькой слушательницѣ.

Машута лежала покойно и, повидимому, слушала съ большимъ вниманіемъ, слушала до тѣхъ поръ, пока глазки ея начали снова смыкаться и она заснула; Катя замѣтила это, но боялась прервать разсказъ, не будучи увѣрена, точно ли дѣвочка спитъ, а между тѣмъ, самое ее клонило ко сну до того сильно, что она съ каждой минутой говорила все болѣе и болѣе безсвязно. Такъ прошло почти до разсвѣта, съ наступленіемъ котораго Катя, выбившись изъ силъ, замолчала, припала головкой къ краю постели и заснула крѣпкимъ, богатырскимъ сномъ.

Дождь и вѣтеръ на дворѣ перестали; въ деревнѣ и кругомъ на поляхъ наступила полнѣйшая ничѣмъ не нарушаемая тишина; казалось, всѣ — не только люди, но и домашнія животныя погрузились точно въ такой же крѣпкій, богатырскій сонъ. Не спалъ одинъ дѣдушка, онъ безпрестанно ворочался съ боку на бокъ, безпрестанно чиркалъ спички, зажигалъ свѣчу, принимался курить, однимъ словомъ, находился въ сильномъ волненіи; его мучила мысль о томъ, что маленькая Маша, пожалуй, расхворается и что ему придется самому ухаживать за нею, онъ не надѣялся на силы Кати, да кромѣ того, еще слишкомъ мало зналъ ее, считалъ неразумною, вѣтреною дѣвочкою, какъ обыкновенно бываютъ всѣ въ ея возрастѣ.

"Я привыкъ къ тишинѣ и спокойствію, привыкъ къ работѣ, привыкъ къ самостоятельности, а тутъ вдругъ цѣлая семьи свалилась на плечи, — разсуждалъ онъ самъ съ собою, чуть-ли не въ двадцатый разъ зажигая свѣчку.— Нѣтъ, сосѣдка Мироновна была права, увѣряя меня передъ пріѣздомъ внучатъ, что я сдѣлалъ большую глупость, пригласивъ ихъ на житье къ себѣ. Ну, да мы это дѣло поправимъ, Мироновна

обѣщала найти способъ пристроить Катю куда-нибудь въ
няньки за небольшое жалованье, Андрюшѣ тоже найдемъ
работишку, пускай привыкаетъ собственнымъ трудомъ
добывать деньги, а двоихъ младшихъ отдадимъ въ пріютъ
черезъ посредство нашей доброй барыни Анны Петровны. Катя
кстати, кажется, уже успѣла познакомиться съ ея маленькою
внучкой, надо только, чтобы эта послѣдняя полюбила ее, тогда
все будетъ хорошо, Анна Петровна всегда исполняетъ желаніе
своей внучки.

Такъ думалъ и разсуждалъ самъ съ собою старикъ Иванъ,
рѣшивъ съ завтрашняго же дня приступить къ хлопотамъ объ
устройствѣ дѣтокъ, присутствіе которыхъ, какъ ему казалось,
тяготило его.

— Завтра же утромъ и Катѣ сообщу о моемъ намѣреніи,
пускай не разсчитываетъ на жизнь у дѣдушки...— проговорилъ
онъ вслухъ, и загасивъ свѣчу, повернулся къ стѣнѣ, чтобы
заснуть, но сонъ точно нарочно бѣжалъ отъ него. Онъ старался
не думать больше о дѣтяхъ, старался успокоить себя мыслью,
что скоро проводитъ ихъ всѣхъ четверыхъ и снова заживетъ
прежнею покойною жизнью... Но сонъ не приходилъ и не
приходилъ...

Замѣтивъ, что на дворѣ, уже почти свѣтло, старикъ вдругъ
вспомнилъ, что въ комнатѣ, гдѣ помѣщались внучки, стоитъ съ
вечера зажженная лампа.

— Еще пожаръ сдѣлаютъ!— вскричалъ онъ, и поспѣшно
соскочивъ съ кровати, наскоро одѣлся, всунулъ ноги въ
войлочные сапоги, стоявшіе около кровати, и тихо шаркая ими
по полу, прокрался къ дѣвочкамъ. Когда онъ приподнялъ
занавѣску, отдѣлявшую кровать отъ остальной части комнаты,
то сейчасъ успокоился: лампа была погашена. Затѣмъ взоръ его
невольно упалъ сначала на Машуту, затѣмъ на Катю. Первая
лежала навзничь и, повидимому, спала покойно. Вторая кое-
какъ примостилась на полу, подсунувъ подъ голову вмѣсто

33

подушки собственную руку, которая отъ неудобнаго положенія совершенно затекла и покраснѣла. На полу подъ скамейкою стоялъ тазъ, наполненный водою, кувшинъ, тутъ же валялись брошенные съ ногъ Кати грубые кожаные башмаки; на скамейкѣ лежалъ большой клѣтчатый платокъ, тотъ самый, который онъ захватилъ съ собой, чтобы прикрыть Катюшу отъ дождя; на стулѣ увидалъ ея платье. Все это, конечно, было такъ просто, такъ естественно, что, собственно говоря, не стоило даже вниманія, но старикъ, самъ не зная почему, вдругъ принялся старательно разглядывать сначала каждый предметъ, а затѣмъ дѣвочекъ.

Чѣмъ больше смотрѣлъ онъ на нихъ, тѣмъ сильнѣе начиналъ чувствовать въ глубинѣ души раскаяніе въ тѣхъ мысляхъ, которыя не давали ему покоя въ продолженіе всей ночи. Жаль ему стало бѣдныхъ маленькихъ сиротокъ... жаль удалить изъ дому... жаль отдать въ чужіе люди... жаль заставить работать за деньги, въ то время какъ у него, родного дѣдушки, хватитъ средствъ настолько, чтобы прокормить ихъ...

Болѣе получаса простоялъ онъ, не двигаясь съ мѣста и отдаваясь своимъ думамъ до тѣхъ поръ, пока на дворѣ послышались обычныя движенія проснувшихся крестьянъ, которые собирались на полевыя работы. Тогда дѣдушка, такъ же тихо, переставляя впередъ сначала одну ногу, потомъ другую, поплелся въ свою собственную комнату, прилегъ одѣтымъ на кровать и, не чувствуя больше на сердцѣ никакой тяжести, никакого волненія, никакой тревоги, сразу погрузился въ тотъ хорошій, покойный сонъ, какимъ засыпаетъ человѣкъ, когда совѣсть его чиста и покойна.

Спать ему пришлось очень недолго; въ деревнѣ день обыкновенно начинается рано, и хотя онъ полевыми работами не занимался, такъ какъ засѣянныхъ полей не имѣлъ, и все его достояніе заключалось въ небольшой лужайкѣ, гдѣ, какъ мы видѣли выше, Катя и Адрюша убирали сѣно, тѣмъ не менѣе вставалъ почти одновременно съ остальными крестьянами.

О томъ, чтобы удалить дѣтей-сиротокъ онъ больше не думалъ; при малѣйшемъ намекѣ на подобныя мысли ему становилось совѣстно. Желая дать покой Катѣ, онъ даже самъ распорядился приготовить утренній завтракъ для обоихъ маленькихъ мальчиковъ; самъ накормилъ Митю, самъ собралъ книги Андрюшѣ, самъ отправилъ его въ школу, затѣмъ второй разъ пробрался въ комнату внучекъ такъ же тихо и осторожно, какъ и въ первый разъ, и замѣтивъ, что при его появленіи Маша открыла глазки, знакомъ руки приказалъ лежать смирно и въ короткихъ словахъ объяснилъ, что Катя очень устала, а потому надо дать ей хорошенько выспаться.

— Я перемѣню тебѣ компрессъ и принесу горячаго молочка, — ласково обратился онъ къ малюткѣ, которая въ знакъ согласія молча кивнула головой и плутовски подмигнула, какъ бы стараясь показать этимъ движеніемъ, что она отлично понимаетъ, какимъ образомъ ей слѣдуетъ вести себя относительно сестрички Кати.

ГЛАВА IV

ГОСТЬЯ

Дача, занимаемая Анной Петровной, была одною изъ самыхъ красивыхъ дачъ тамошней мѣстности; она стояла посреди густого сада, гдѣ находилось множество самыхъ разнообразныхъ цвѣтовъ, кустиковъ, кустарниковъ, среди развѣсистыхъ вѣтвей которыхъ птички устраивали себѣ гнѣздышки. Главная аллея сада вела на балконъ, а съ балкона былъ прямой ходъ въ комнаты; сначала шла большая гостиная, гдѣ Анна Петровна принимала гостей, затѣмъ маленькая, такъ-называемая домашняя. Подъ самой крышей, наверху, находился чуланчикъ, заставленный различной утварью и сундуками, въ которыхъ хранились мѣха; по угламъ чуланчика были поставлены въ безпорядкѣ гипсовыя фигуры, прежде украшавшія садъ, а теперь спрятанныя отъ людского глаза, такъ какъ у большинства изъ нихъ не хватало то руки, то ноги, то носа. Зиночка очень любила ходить въ этотъ чуланчикъ, чтобы смотрѣть на всю эту рухлядь и выглядывать въ слуховое окно, изъ котораго видъ былъ превосходный; иногда она брала туда съ собою свою любимую куклу и, указывая пальчикомъ на дорогу, бесѣдовала съ нею. Куколъ Зиночка имѣла много, точно такъ же, какъ и остальныхъ игрушекъ; она охотно занималась ими въ свободные отъ уроковъ часы, любила ихъ, берегла, содержала въ порядкѣ, но самымъ излюбленнымъ ея удовольствіемъ были прогулки и бесѣды съ доброю бабушкою, которая, несмотря на преклонные года, могла ходить много и имѣла такой большой запасъ интересныхъ исторій, что почти каждый день разсказывала что-нибудь новенькое.

На слѣдующее утро послѣ описанной въ предыдущей главѣ

грозы, Зиночка встала нѣсколько взволнованная; наскоро напившись чаю, она не пошла прибирать игрушки, какъ дѣлала ежедневно, а остановившись на балконѣ, нетерпѣливо поджидала вчерашнюю дѣвочку; дѣвочка эта очень ее интересовала; въ городѣ ни зимой на улицѣ, ни раннею весной въ общественномъ саду, куда ее пускали гулять съ гувернанткой, она никогда не видывала такихъ дѣвочекъ, безъ шляпки, съ босыми ногами, въ простомъ ситцевомъ платьѣ, сшитомъ какъ-то смѣшно и неуклюже; но несмотря на все это, ей очень хотѣлось ближе познакомиться съ дѣвочкою, скорѣе увидать ее, поговорить съ нею, разспросить обо всемъ. Какъ охотно захватила бы она съ собою завтракъ, завязала бы его въ узелокъ и тоже пошла на поле грабить сѣно, но объ этомъ, конечно, нечего и думать, бабушка никогда не позволитъ. Остается одно — дождаться здѣсь вчерашнюю дѣвочку или, самое большее, идти къ ней на встрѣчу.

"Это будетъ самое лучшее", — подумала она, и не откладывая дѣла въ долгій ящикъ, сейчасъ же спустилась въ садъ, чтобы оттуда направиться къ проѣзжей дорогѣ; слишкомъ далеко отходить отъ дома Зиночка не смѣла, она знала, что бабушка этого не любила, а потому назначила себѣ пунктъ — одинъ изъ кустовъ орѣшника, около котораго и остановилась.

— Какъ долго она не идетъ, что это значитъ?— почти вслухъ проговорила сама себѣ Зиночка, простоявъ около орѣховаго куста, какъ ей показалось, чуть-ли не больше часа.— Я вотъ что сдѣлаю,— повернусь спиною къ дорогѣ и, ни разу не оборачиваясь назадъ, начну считать до ста, тогда она навѣрное придетъ скорѣе.

Сказано — сдѣлано.

— Разъ, два, три, четыре...— и такъ далѣе, принялась она считать медленно, протяжнымъ голосомъ, а Катя все не приходила, но вотъ, наконецъ, на дорогѣ послышались чьи-то шаги; тогда Зиночка быстро обернула голову и съ улыбкой на губахъ уже готова была крикнуть "здравствуй", какъ вдругъ къ крайнему своему неудовольствію, вмѣсто ожидаемой дѣвочки, увидала въ нѣсколькихъ шагахъ отъ себя совершенно незнакомаго мальчика, который, не обращая на нее никакого вниманія; спокойно проходилъ мимо.

— Послушай, не знаешь ли ты тѣхъ двоихъ дѣтей, дѣвочку и мальчика, которые часто проходятъ здѣсь?— спросила она его смѣло.

Мальчикъ вмѣсто того, чтобы отвѣтить, громко расхохотался.

— Вчера они еще возвращались здѣсь, по этой самой дорогѣ, вскорѣ послѣ грозы,— добавила Зиночка для большей ясности, полагая, что мальчикъ ее не понялъ.

— Какъ не знать, знаю, — отозвался онъ тогда,— эта дѣвочка моя сестра, ее зовутъ Катя; мы живемъ у дѣдушки столяра Ивана и каждый день ходимъ, сначала въ школу, а затѣмъ на сѣнокосъ, грабить сѣно; но почему вы знаете мою сестру, гдѣ могли познакомиться съ нею, ужъ, конечно, не въ сельской школѣ, въ которую вы навѣрное не ходите?

— Я познакомилась съ нею вчера, когда гуляла на полѣ съ моею бабушкою, а раньше тоже очень часто видѣла въ окно, какъ она проходила мимо.

— Сегодня вы ее не увидите.

— Она прошла раньше обыкновеннаго?

— Нѣтъ, сегодня она совсѣмъ не пойдетъ, ни въ школу, ни на поле.

— Тебѣ придется работать одному?

Андрюша утвердительно кивнулъ головою.

— Съ какимъ бы удовольствіемъ я пришла помочь тебѣ, Андрюша, еслибы только... позволила бабушка.

— Благодарю васъ, барышня, за доброе намѣреніе, но помочь мнѣ едва-ли вы бы были въ силахъ; не думайте, что сгребать сѣно такъ легко, какъ кажется съ перваго раза.

Зиночка на это ничего не отвѣтила.

— Почему вы знаете, что меня зовутъ Андрюшей?— снова заговорилъ мальчикъ.

— Катя сказала.

— Ахъ да, я и забылъ, что вы съ нею вчера, разговаривали.

— Но ты не объяснилъ мнѣ причину, по которой она не придетъ сегодня.

— Она не придетъ потому, что у насъ въ домѣ случилась бѣда.

— Бѣда? Какая?

Андрюша, медленно подвигаясь впередъ, въ короткихъ словахъ разсказалъ про извѣстное намъ уже приключеніе съ маленькой Машей; Зиночка шла съ нимъ рядомъ и слушала его съ величайшимъ вниманіемъ.

— Вотъ и пришли; сейчасъ примусь за дѣло,— сказалъ онъ, бережно опуская ранецъ съ книгами на траву и взявшись за грабли.

— Развѣ ты сегодня не идешь въ школу, прежде чѣмъ приняться за полевую работу?— спросила Зиночка.

— Я вышелъ цѣлымъ часомъ раньше, чтобы наверстать потерянное Катей время и затѣмъ къ сроку поспѣть въ школу.

Зиночка нѣсколько минутъ стояла неподвижно въ сторонѣ, наблюдая за работой Андрюши, потомъ вдругъ въ одинъ мигъ сняла свои изящныя ботинки, чулки, положила то и другое подъ кустъ, точно такъ, какъ вчера сдѣлала Катя, схватила грабли и принялась грабить.

— Каково?— съ сіяющей улыбкой обратилась она къ мальчику.

— Ничего, милая барышня, дѣло у васъ идетъ гораздо лучше, чѣмъ я думалъ, только шляпка такая нарядная не пристала къ полевой работѣ.

Зиночка моментально сдернула съ головы шляпку, отбросила ее въ сторону и повязалась носовымъ платочкомъ.

— Вотъ теперь вы имѣете видъ настоящей крестьянки,— замѣтилъ Андрюша.

Зиночка улыбнулась и еще усерднѣе принялась грабить.

— Однако мнѣ пора въ школу,— замѣтилъ мальчуганъ, и, прикрывъ глаза ладонью въ видѣ щитика, принялся смотрѣть на солнце, чтобы узнать время, какъ это обыкновенно дѣлаютъ крестьяне.— Только прежде надо немножко перекусить... Не хотите ли я угощу васъ моимъ завтракомъ?

И онъ досталъ изъ ранца толстый ломоть чернаго хлѣба, намазанный масломъ, сказавъ при этомъ, что сегодня завтракъ у него скудный, потому что Катя занята съ больною сестричкой, и позаботиться некому.

Зиночка отломила отъ его куска небольшой кусочекъ; никогда еще черный хлѣбъ не казался ей такимъ вкуснымъ, она охотно взяла бы еще, но ей жаль было лишить Андрюшу, который, безъ церемоніи развалившись на травѣ, съ видимымъ наслажденіемъ запихивалъ хлѣбъ за обѣ щеки и разжевывалъ его своими бѣлыми, какъ жемчугъ, зубами, а въ промежуткахъ разсказывалъ, какимъ образомъ Катя вчера сдѣлала изъ собственной юбки палатку.

— Я могу сдѣлать то же самое,— поспѣшила сказать Зиночка, и хотѣла сію же минуту привести задуманный планъ въ исполненіе, но Андрюша снова расхохотался своимъ громкимъ раскатистымъ хохотомъ и знакомъ руки остановилъ ее.

— Ваша юбка все равно что паутина!— вскричалъ онъ наконецъ, переставъ смѣяться: — она не можетъ защитить ни отъ дождя, ни отъ солнца.

— Тогда я могу сбѣгать домой и попросить у бабушки какую-нибудь юбку: она ихъ кроитъ широкими и изъ плотной матеріи.

— Не стоитъ безпокоить бабушку подобными пустяками, можно безъ палатки обойтись; но не пора ли вамъ вернуться; пожалуй, ваша бабушка схватится, куда вы пропали и другой разъ не пуститъ.

— А вѣдь ты правъ, Андрюша; бабушкѣ дѣйствительно можетъ не понравиться мое долгое отсутствіе, тѣмъ болѣе, что я ее даже не предупредила, что ухожу изъ дома.

— Совершенно вѣрно; обувайте ваши ботинки и уходите, я тоже сейчасъ пойду въ школу.

Зиночка направилась къ кусту, гдѣ лежала ея обувь, она съ трудомъ ступала босикомъ на траву, которая съ непривычки колола ей подошвы точно иголками, но не желая выказать это передъ Андрюшей, сдѣлала надъ собою усиліе, закусила нижнюю губу, отвернулась въ сторону, чтобы скрыть невольно выступившія на глазахъ слезы, и стала ступать твердо.

Обувъ маленькія ножки, она простилась съ Андрюшей, просила передать привѣтъ Катѣ и поспѣшно направилась къ дому, не переставая думать о своихъ новыхъ знакомыхъ и рѣшивъ, во что бы то ни стало, уговорить бабушку сегодня же отпустить ее навѣстить ихъ.

Пока происходило все вышеописанное, Катя, конечно, давно уже проснулась.

— Машута, ты пьешь молоко! Кто тебѣ принесъ его?— спросила она, съ удивленіемъ взглянувъ на маленькую

41

сестричку, которая, лежа въ кровати, держала въ одной рукѣ кружку съ молокомъ, а въ другой кусокъ булки.

— Сама сбѣгала въ кухню,— пошутила Маша.

— Ну да, разсказывай; вѣрно Мироновна приходила, а я спала такъ крѣпко, что ничего не слыхала.

— Даю тебѣ слово, что Мироновна не была, а если хочешь знать правду, то скажу,— молоко мнѣ принесъ дѣдушка, онъ же перемѣнилъ и компрессъ.

Катѣ сначала не вѣрилось въ истину словъ сестренки, но потомъ, когда, обернувъ голову, она увидѣла за спиною столяра Ивана, который съ ласковой улыбкой на губахъ подтверждалъ только-что сказанное, то невольно повторила: — Дѣдушка.

— Мнѣ жаль тебя стало,— продолжалъ старикъ,— ты должна была очень утомиться за ночь, а потому будить не хотѣлось, я сдѣлалъ самъ все, что было нужно, теперь же отправлюсь на поле, съ уборкою сѣна надо торопиться; Мироновна придетъ сюда на помощь, а пока прощайте.

Катя поспѣшила закрыть за дѣдушкою дверь и приняться за уборку — сначала комнаты, а затѣмъ собственной особы, не переставая болтать съ Машутой, которая, благодаря во-время оказанной ей докторомъ помощи и тщательному уходу окружающихъ, чувствовала себя гораздо лучше.

Такимъ образомъ время незамѣтно шло впередъ; висѣвшіе на стѣнѣ въ мастерской дѣдушки часы показывали полдень; Катя собралась идти на кухню развести огонь и приготовить кое-что на завтракъ да обѣдъ, такъ какъ Мироновна медлила приходить, какъ вдругъ услышала, что въ наружную дверь кто-то стучался.

— Вотъ, вѣрно наша старая карга явилась,— вполголоса проговорила Маша.

Катя съ улыбкой погрозила пальчикомъ и пошла открывать дверь, на порогѣ которой, къ крайнему ея изумленію, вмѣсто неуклюжей фигуры старой крестьянки, показалась хорошенькая, улыбающаяся, нарядная Зиночка.

— Зиночка, милая, здравствуйте. Вотъ такъ радость истинную доставили!— воскликнула Катя, дружески протягивая обѣ руки къ дорогой неожиданной гостьѣ.

Зиночка съ любопытствомъ разглядывала окружающую обстановку; ей первой разъ приходилось войти въ простую крестьянскую избу съ бѣлыми бревенчатыми стѣнами, съ маленькими оконцами безъ тюлевыхъ гардинъ и шелковыхъ занавѣсокъ, безъ мягкой мебели, безъ лампъ, безъ ковровъ и безъ разныхъ бездѣлушекъ, составляющихъ необходимую принадлежность каждой господской квартиры.

— Твой братъ Андрюша сказалъ мнѣ, что ты сегодня не придешь работать на поле, потому что не съ кѣмъ оставить больную сестричку,— заговорила Зиночка, обратившись къ Катѣ,— а мнѣ такъ хотѣлось повидаться, вотъ я и пришла...

— Спасибо вамъ за это, спасибо большое, милая барышня,— отозвалась Катя, и посадивъ гостью на стулъ, принялась съ большимъ оживленіемъ разсказывать ей про то, какъ она вчера вмѣстѣ съ Андрюшей, вскорѣ послѣ ея ухода, была застигнута бурей и какъ, придя домой, застала Машу расшибленною, а Митю отъ страха спрятавшимся подъ лавку. Зиночка слушала разсказъ съ большимъ вниманіемъ, затѣмъ, когда Катя замолчала, то въ свою очередь принялась сообщать ей о томъ, какъ сегодня грабила сѣно, стоя на лугу босыми ногами. Разговоръ между обѣими дѣвочками шелъ неумолкаемый, и вѣроятно продолжался бы безъ конца, если бы малютка Маша не напомнила о томъ, что ей хочется кушать.

— Ахъ, Боже мой, я вѣдь еще ничего не приготовила, ни для тебя, моя крошечка, ни для остальныхъ; дѣдушка и Андрюша придутъ усталые!— вскричала Катя и, извинившись передъ

43

гостьей, начала повязывать поверхъ платья длинный передникъ, сшитый изъ суроваго полотна.

— Пожалуйста, не извиняйся, я очень рада буду посмотрѣть, какъ ты станешь приготовлять завтракъ, дома мнѣ никогда почти не приходится ходить на кухню.

Катя чуть не бѣгомъ бросилась въ сосѣднюю комнатку, гдѣ находилась печка, живо наложила ее дровами, растопила, достала съ полки чугунокъ, всыпала въ него картофель, налила воды и поставила вариться.

— Теперь надо сбѣгать за селедкою, дѣдушка это очень любитъ, — сказала она, когда котелокъ былъ водворенъ на мѣсто, и накинувъ на плечи платокъ, въ одну минуту выбѣжала изъ избушки и скрылась за угломъ, гдѣ находилась единственная на всю деревню лавочка, въ которой мѣстные жители покупали для себя все необходимое. Черезъ нѣсколько минутъ она вернулась обратно, держа въ рукѣ завернутую въ грубую бумагу селедку, и положивъ ее въ каменную чашку, начала перемывать и вынимать кости. Все это Зиночкѣ казалось очень забавнымъ, она жалѣла въ душѣ, зачѣмъ у бабушки завтракъ приготовляетъ поваръ, а не она, ей очень-очень хотѣлось попросить бабушку хоть разъ въ жизни позволить вычистить селедку, но она знала, что это будетъ напрасный трудъ, а потому, вернувшись домой и подробно разсказавъ про все видѣнное ею у новыхъ знакомыхъ, относительно селедки даже не заикнулась.

ГЛАВА V

НАКАНУНѢ ПРАЗДНИКА

Послѣ посѣщенія маленькой Зиночкой избушки столяра Ивана прошло нѣсколько дней; наступила суббота. Столяръ работалъ на своемъ станкѣ усерднѣе, чѣмъ когда либо, онъ не любилъ, чтобы начатая на недѣлѣ работа оставалась неокончена къ воскресенью, и потому употреблялъ всѣ усилія, чтобы, какъ онъ выражался, "и станку дать отдохнуть въ праздникъ". Катя тѣмъ временемъ прибирала избушку, мыла полы, вытирала подоконники, Андрюша старательно подметалъ дворъ, Митя помогалъ ему собирать въ кучу сухіе листья, прутья и прочій соръ, за недѣлю накопившійся около дома; одна только Маша въ бездѣйствіи сидѣла на кроваткѣ, хотя это бездѣйствіе надоѣло ей до невозможности; но докторъ, приходившій вчера, запретилъ вставать еще нѣкоторое время. Необходимость заставляла слушаться, иначе она тоже бы, несмотря на свои ранніе годы, постаралась чѣмъ-нибудь быть полезною дѣдушкѣ.

— Ну, любезный другъ,— шутливо обратился дѣдушка къ своему столярному станку,— кончилъ дѣло, гуляй смѣло!— И началъ собственноручно прибирать стружки.

Скоро работа обоихъ братьевъ и Кати тоже была окончена; домикъ столяра Ивана выглядѣлъ по праздничному, все въ немъ свѣтилось, блестѣло, все смотрѣло радостно; прибирать его особенно тщательно разъ въ недѣлю — былъ такой порядокъ, заведенный еще при покойной женѣ Ивана, порядокъ, котораго онъ строго держался всегда, и къ которому первымъ дѣломъ поспѣшилъ пріучить внучатъ, какъ только они поселились у него въ домѣ.

45

Кромѣ приборки домика, наканунѣ каждаго праздника и воскресенья Иванъ взялъ себѣ за правило непремѣнно сдѣлать какое-нибудь доброе дѣло, и когда это почему-либо не удавалось ему или просто не представлялось къ этому случая, оставался недоволенъ. Хорошій примѣръ такой благотворно дѣйствовалъ на Катю, впечатлительная натура которой всегда близко воспринимала все; она считала себя совершенно счастливою, если могла наканунѣ праздника не только сдѣлать какое доброе дѣло (для такой маленькой дѣвочки это было бы слишкомъ трудно), но хотя угодить кому-нибудь, прислужиться, и вообще быть или пріятною, или полезною.

— Ма, шута, — обратилась она къ больной сестричкѣ, когда въ домѣ все было прибрано, — я сейчасъ одѣнусь и пойду на поле, чтобы принести тебѣ васильковъ, твоихъ любимыхъ цвѣточковъ — хочешь?

Машута вмѣсто отвѣта протянула къ ней обѣ ручки и улыбнулась.

Катя нѣжно поцѣловала дѣвочку въ лобикъ, поспѣшно сбросила съ себя старое платье, въ которомъ прибирала комнаты, и переодѣвшись во все чистое, вышла на улицу.

Вечеръ стоялъ превосходный, въ воздухѣ пахло скошеннымъ сѣномъ. Катя направилась къ ржаному полю, гдѣ, какъ извѣстно, исключительно растутъ васильки, и набравъ ихъ въ передникъ, присѣла на колѣнки, чтобы составить букетъ.

Занятіе это взяло у нея довольно времени, она не любила вообще дѣлать, что-либо кое-какъ, а потому, медленно прикладывая цвѣточекъ къ цвѣточку, просидѣла на мѣстѣ около часа, напѣвая при этомъ одну изъ своихъ любимыхъ пѣсенокъ.

Громко раздавался ея симпатичный голосокъ среди вечерней тишины; она пѣла не стѣсняясь, будучи твердо увѣрена, что ее никто не могъ слышать; но вотъ вдругъ въ отвѣтъ на ея пѣснь изъ-за расположеннаго по близости густого орѣховаго куста раздались пѣвучіе звуки скрипки. Катя въ первую минуту невольно вздрогнула, но затѣмъ, вспомнивъ, что Андрюша часто разсказывалъ про одного маленькаго мальчика, бездомнаго сироту, нѣмого дурачка, который единственно, что умѣлъ дѣлать, это — играть на скрипкѣ, смѣло направилась къ нему. Ей давно хотѣлось познакомиться съ нимъ; не видавъ его ни разу, она почему-то чувствовала къ нему симпатію, жалѣла его, и когда Андрюша передавалъ нѣкоторыя подробности того, какъ остальные мальчики дразнили его и издѣвались надъ нимъ, всегда употребляла все свое краснорѣчіе, чтобы доказать, насколько это грѣшно и стыдно.

Скорыми шагами подвигалась она къ маленькому музыканту, но онъ до того увлекся собственной игрой, что не замѣтилъ этого до тѣхъ поръ, пока она, наконецъ, подошла настолько близко, что не видать ее уже было невозможно. Тогда онъ опустилъ смычокъ, сконфузился и, взявъ скрипку подъ мышку, хотѣлъ бѣжать, поспѣшно сморгнувъ съ глазъ крупныя слезы. Катя остановила его.

— Чего вы испугались; я вамъ не сдѣлаю вреда, — сказала она ласково, не выпуская изъ рукъ полу кафтана мальчика, за которую уцѣпилась всею силою.

Дурачокъ улыбнулся.

— Вы совсѣмъ не можете говорить? — продолжала Катя.

Мальчикъ печально покачалъ головою. Въ глазахъ его было столько горя, столько тоски, столько чего-то непроходимо грустнаго, что Катя сама чуть не расплакалась.

"Почему его называютъ дурачкомъ?" — подумала она: — это клевета; онъ, напротивъ, дѣлаетъ впечатлѣніе совершенно разумнаго человѣка".

— Кто учитъ васъ играть на скрипкѣ? — заговорила она снова.

Мальчикъ ткнулъ себя въ грудь указательнымъ пальцемъ, какъ бы стараясь объяснить этимъ движеніемъ, что научился играть самоучкой.

— Какъ ваше имя?— продолжала Катя, затѣмъ, сейчасъ же спохватившись, что мальчикъ отвѣтить все равно не можетъ, поспѣшила добавить: — Ваша игра на скрипкѣ мнѣ очень нравится, пожалуйста, сыграйте еще что-нибудь.

Мальчикъ нѣсколько минутъ стоялъ въ нерѣшимости; Катя повторила просьбу и взглянула на него своими добрыми, ласковыми глазами. Тогда онъ снова взялъ скрипку, смычокъ и заигралъ тотъ самый мотивъ, на которомъ его прервала Катя. Чѣмъ дальше онъ игралъ, тѣмъ обильнѣе катились изъ глазъ его слезы.

— Какъ мнѣ жаль васъ, и какъ досадно, что мы не можемъ объясниться!— вскричала Катя, когда онъ опустилъ смычокъ.

Мальчикъ въ знакъ согласія кивнулъ головой. Нѣсколько минутъ продолжалось молчаніе; мальчуганъ, казалось, что-то обдумывалъ, затѣмъ лицо его вдругъ прояснилось, онъ досталъ изъ кармана записную книжку, карандашъ, написалъ некрасиво, но довольно разборчиво цѣлую фразу и передалъ книжечку Катѣ.— "Умѣете вы читать?" — прочла тогда Катя и сейчасъ же въ знакъ удовлетворительнаго отвѣта радостно кивнула головой.

Такимъ образомъ между ними завязался разговоръ, еще больше убѣдившій Катю въ томъ, что она имѣетъ дѣло съ человѣкомъ разумнымъ.

На вопросъ ея, о чемъ онъ плакалъ, мальчикъ отвѣчалъ самымъ короткимъ отрывчатымъ отвѣтомъ, такъ какъ подробно писать было бы слишкомъ долго и затруднительно; изъ его отвѣтовъ Катя во всякомъ случаѣ узнала все, что ей хотѣлось. Слезы мальчика были вызваны тѣмъ, что, наигрывая на скрипкѣ извѣстный мотивъ, онъ этимъ самымъ мотивомъ

48

воскрешалъ въ себѣ воспоминаніе о покойной матери, которая напѣвала ему его, когда онъ былъ еще совсѣмъ, совсѣмъ маленькій. Настоящее имя его было Володя, но злые мальчики-товарищи, потѣшаясь надъ нимъ, потому что онъ не могъ говорить, прозвали его дурачкомъ. Въ особенности терпѣлъ онъ много оскорбленія отъ Гриши Левина, главнаго зачинщика всѣхъ шутокъ и проказъ. Ему очень хотѣлось научиться какому-нибудь ремеслу, чтобы заработать себѣ кусокъ хлѣба, такъ какъ послѣ смерти матери онъ скоро лишился отца и остался на бѣломъ свѣтѣ одинъ безъ всякихъ средствъ. Отецъ его былъ тоже музыкантъ, отъ него Володя и научился играть на скрипкѣ; скрипка составляла все состояніе Володи, и когда товарищи вырывали ее у него изъ рукъ, онъ приходилъ въ бѣшенство, боясь, что скрипка будетъ испорчена; волненіе его очень забавляло товарищей, и чѣмъ больше онъ сердился, тѣмъ больше они надъ нимъ потѣшались.

— Вы первая говорите со мной, какъ съ человѣкомъ, — написалъ онъ въ заключеніе и дружески пожалъ руку Кати.

— Я подробно разскажу дѣдушкѣ о нашей встрѣчѣ и обо всемъ, что вы сказали мнѣ... онъ придумаетъ что-нибудь для облегченія вашей участи.

Володя пожалъ ея руку, выразилъ свою благодарность и послѣдовалъ за Катей на то мѣсто, гдѣ она оставила букетъ.

— Жаль, связать нечѣмъ, — сказала она, отыскивая вокругъ себя хотя какую-нибудь длинную травку,

Володя сейчасъ же поспѣшилъ достать изъ кармана обрывокъ веревочки и подалъ его Катѣ. Катя поблагодарила; но веревочка оказалась слишкомъ длинною, тогда онъ живо опустилъ руку въ карманъ, чтобы достать лежавшій тамъ перочинный ножикъ, и пока Катя обрѣзала веревку, принялся что-то царапать карандашомъ въ своей записной книжкѣ.

— Передайте этотъ ножикъ Андрюшѣ,— я знаю, онъ давно

хотѣлъ имѣть такой, — только не говорите, что отъ меня, а скажите — "нашли на дорогѣ". — прочла Катя, когда онъ подалъ ей записную книжку.

Катя попробовала отказаться: ей казалось неловко брать что-либо отъ такого бѣднаго мальчика, какъ Володя, но Володя настоятельно требовалъ исполнить его просьбу, и какъ бы боясь, что Катя откажетъ, не дождавшись съ ея стороны положительнаго отвѣта, даже не простившись съ нею, поспѣшно побѣжалъ по направленію къ сосѣдней деревнѣ.

Катя долго смотрѣла ему вслѣдъ; жаль ей, сердечно жаль было убогаго маленькаго сиротку; она дала себѣ слово непремѣнно уговорить дѣдушку подумать о немъ серьезно, и вспомнивъ, что сегодня канунъ праздника, т.-е. именно тогда, когда старикъ, въ силу искони заведеннаго порядка, болѣе чѣмъ когда-либо расположенъ сдѣлать добро ближнему, поспѣшила вернуться домой.

— Что ты такъ долго? — крикнулъ Андрюша, вышедшій ее встрѣтить за нѣсколько шаговъ до избушки старика Ивана. — Мироновна пришла приготовлять намъ ужинъ сердитая, пресердитая; поставила все на столъ и не хотѣла ожидать твоего возвращенія: "пусть, говоритъ, сама убираетъ".

— Уберу, съ большимъ удовольствіемъ, — отвѣчала Катя, — если я дѣйствительно заставила ожидать себя, то за это разскажу такъ много интереснаго, какъ вы не ожидаете.

— Что, что? говори скорѣе!

— Имѣй терпѣніе, я не хочу два раза повторять одно и то же, и разскажу тогда, когда мы всѣ будемъ въ сборѣ.

Ужинъ былъ накрытъ въ комнатѣ, гдѣ лежала Маша; когда Катя вошла туда, дѣдушка и маленькій Митя сидѣли уже за столомъ; у Мити начали слипаться глаза, ему видимо хотѣлось спать; столяръ Иванъ тоже казался утомленнымъ.

Катя чувствовала себя виноватою, и какъ бы желая оправдаться передъ дѣдушкой, повторила ту же самую фразу, которую только-что сказала Андрюшѣ.

— Послушаемъ въ чемъ будетъ заключаться твой разсказъ,— отвѣтилъ дѣдушка, и лицо его сейчасъ же перестало казаться серьезнымъ.

Катя подробно передала все то, что намъ уже извѣстно, и въ заключеніе разсказа просила не оставить Володю. Дѣдушка отнесся къ судьбѣ бѣднаго мальчика съ большимъ интересомъ и обѣщалъ непремѣнно пристроить куда-нибудь въ пріютъ черезъ посредство Анны Петровны, при мыслѣ о которой ему вдругъ стало совѣстно за то, что онъ собирался сегодня же идти къ ней съ просьбою о своихъ собственныхъ внукахъ... Да, такая мысль дѣйствительно приходила ему вчера, но сегодня онъ думалъ совершенно иначе... Андрюша тоже сидѣлъ пристыженный; не могъ онъ безъ сожалѣнія вспомнить о томъ, какъ вмѣстѣ съ остальными товарищами трунилъ надъ несчастнымъ дурачкомъ и обижалъ его, особенно, когда этого требовалъ Гриша Левинъ.

— Ахъ, да! Володя прислалъ тебѣ еще подарокъ, хотя, впрочемъ, не велѣлъ говорить, что подарокъ отъ него, — прервала его думы Катя, и вынувъ изъ кармана перочинный ножикъ, подала Андрюшѣ, который моментально покраснѣлъ не только до ушей, но, какъ говорится, до корня волосъ.

Дѣдушка понялъ причину смущенія своего маленькаго внука, и какъ бы желая ободрить его, проговорилъ ласково:

— Возьми, не отказывайся, отказъ можетъ причинить новое оскорбленіе бѣдному мальчику.

— О, если бы можно было воротить прошлое, то я, кажется, не только самъ никогда не сдѣлалъ бы ничего непріятнаго "дурачку" Володѣ, — сейчасъ же отозвался Андрюша,— но даже и другимъ не далъ бы обижать его.

— Прошлое воротить нельзя, а будущее отъ тебя зависитъ,— серьезно замѣтилъ дѣдушка.

— Да; и поэтому я за него ручаюсь.

Маленькая Маша въ продолженіе всего вышеописаннаго разговора молча наблюдала за присутствующими, то же самое дѣлалъ и Митя; оба они были еще слишкомъ малы, чтобы понять его настоящее значеніе, но тѣмъ не менѣе инстинктивно чувствовали, что Катѣ удалось найти возможность сдѣлать что-то такое, чѣмъ она, какъ говорила покойная ихъ мама, непремѣнно угодить Ангелу Хранителю, приставленному самимъ Богомъ къ каждому человѣку для того, чтобы оберегать его отъ злыхъ поступковъ и помысловъ.

ГЛАВА VI

НАПРАСНАЯ ТРЕВОГА

Со дня болѣзни Маши прошло около двухъ недѣль; опухоль на ногѣ совершенно опала, царапина зажила тоже, зажило и красное пятно, выступившее подъ колѣнкою вслѣдствіе ушиба, но встать съ постели дѣдушка все-таки боялся позволить безъ разрѣшенія доктора, а докторъ, точно на зло, послѣдніе дни все находился въ разъѣздѣ, и никакъ не могъ выбрать свободной минуты навѣстить свою маленькую паціентку, которая съ каждымъ днемъ становилась все нетерпѣливѣе, и скрывая при дѣдушкѣ дурное расположеніе духа, постоянно пользовалась его отсутствіемъ, чтобы крикомъ и жалобами надоѣдать Катѣ, надѣясь, что послѣдняя въ концѣ концовъ потеряетъ терпѣніе и тихонько отъ дѣдушки спустить ее съ кровати.

— Нѣтъ. Маша, этого я не сдѣлаю, — чуть-ли не въ сотый разъ повторяла ей Катя,— лучше подождемъ еще немного, вѣдь долженъ же докторъ когда-нибудь заѣхать.

— Да, но когда это будетъ,— со слезами отвѣчала малютка.

— Скоро, скоро,— старалась успокоить ее Катя, и безгранично обрадовалась, когда пророчество ея наконецъ сбылось.

— Поздравляю, — сказалъ докторъ послѣ тщательнаго осмотра:— больная ножка совершенно поправилась; она можетъ бѣгать такъ же хорошо и твердо, какъ здоровая.

Машута вмѣсто отвѣта радостно захлопала въ ладоши, и какъ только докторъ вышелъ за дверь, сейчасъ же съ помощью Кати начала одѣваться.

— Тише ты, тише, нельзя такъ съ перваго раза, — останавливала ее Катя, но Маша, обыкновенно покорная и послушная, теперь въ порывѣ безграничной радости не признавала никакихъ резоновъ и, взявшись за руку Мити, прыгала, скакала и бѣгала, сначала по комнатѣ, а затѣмъ на дворѣ около дома.

Со дня ея выздоровленія жизнь нашихъ маленькихъ сиротокъ въ домѣ дѣдушки потекла прежнимъ порядкомъ; они ежедневно ходили въ школу, ходили на полевыя работы, изрѣдка встрѣчались тамъ съ Зиночкою и во время встрѣчъ всегда очень дружелюбно разговаривали. Анна Петровна, по просьбѣ столяра Ивана, нашла возможность опредѣлить нѣмого Володю въ городской пріютъ, гдѣ онъ чувствовалъ себя превосходно, такъ какъ тамъ никто надъ нимъ не смѣялся и не отнималъ скрипку; кромѣ того, еще сынъ начальника пріюта, самъ очень любившій музыку, вызвался давать ему уроки, отъ которыхъ Володя былъ въ восторгѣ, воображая себя точно такимъ же музыкантомъ, какъ его покойный папа; однимъ словомъ, все шло такъ хорошо и покойно, что лучшаго нельзя было желать. Катя, Андрюша и остальные малютки могли бы считать себя совершенно счастливыми, если бы ихъ счастіе не омрачалось отъ времени до времени воркотнею старой Мироновны, которая старалась всѣми силами вооружить Ивана противъ внуковъ и уговорить куда-нибудь отправить ихъ.

Какъ только она приходила въ избушку и начинала заводить рѣчь о томъ, что Ивану должно быть тяжело на старости лѣтъ возиться съ ребятами и кормить ихъ, Катя принималась плакать, но, боясь своими слезами разсердить дѣдушку, плакала тайкомъ, втихомолку, такъ, чтобы никто ее не слыхалъ и не видѣлъ.

Въ одинъ изъ такихъ дней, когда на душѣ дѣвочки было особенно тяжело и тоскливо, и когда она по обыкновенію послѣ завтрака перемывала посуду, дѣдушка позвалъ ее, чтобы открыть дверь какой-то незнакомой женщинѣ.

Оказалось, что женщина эта приходилась дальней родственницей Мироновнѣ, жила въ сосѣдней деревнѣ, и теперь явилась для того, чтобы получить отъ Ивана двѣ недѣли тому назадъ заказанную работу.

— Это твои внучата? — спросила она стараго столяра, указывая на Катю.

Столяръ утвердительно кивнулъ головой.

— Кромѣ нея, вѣдь, кажется, у тебя ихъ еще трое, — продолжала женщина, не переставая такъ пристально поглядывать на Катю, что послѣдней даже стало неловко.

— Да, два мальчика и дѣвочка, — отвѣчалъ старикъ.

— Трудненько, я думаю, тебѣ съ ними?

— Нисколько; двое старшихъ даже пользу приносятъ и въ домѣ, и на полѣ.

— Ну, а маленькіе?

— Маленькіе тоже не мѣшаютъ... старшіе въ свободное время за ними присматриваютъ.

— Должно быть, очень хорошо присматриваютъ, если одна изъ нихъ, какъ говорятъ, недавно вывихнула себѣ ногу.

— Это случилось потому, что насъ никого не было дома, — нерѣшительно проговорила Катя, все время молча слушавшая разговоръ дѣдушки съ незнакомою женщиною.

— Ты отъ кого слышала о томъ, что моя маленькая внучка вывихнула себѣ ногу? — спросилъ Иванъ.

— Мироновна сказала; да, впрочемъ, кто бы ни сказалъ, все равно... — поспѣшно добавила женщина, очевидно пожалѣвъ въ душѣ, зачѣмъ открыла правду.

— Мы-ро-нов-на,— повторилъ дѣдушка протяжно.

Катя взглянула на него вопросительно, какъ бы стараясь угадать по выраженію лица, чью онъ сторону держитъ, ихъ или Мироновны; но лицо дѣдушки не выражало ничего особеннаго, онъ спокойно стоялъ около своего столярнаго станка, и какъ бы не обращая вниманія на окружающихъ, продолжалъ работу.

— А я вотъ что хотѣла предложить тебѣ,— снова заговорила женщина: — не отдашь ли ты мнѣ старшую дѣвочку хотя на время, я давно ищу няню къ маленькому племяннику, я бы берегла ее, не обижала и, кромѣ того, еще выучила бы кой-какому женскому рукодѣлью, чему у тебя въ домѣ она никогда не научится... Согласись, что каждая женщина должна же непремѣнно знать, какъ держать въ рукахъ иголку.

— Это вѣрно.— отозвался старикъ.

Катя почувствовала сразу, что сказанныя дѣдушкою слова "это вѣрно" точно кольнули ее въ сердце, она взглянула на него умоляющими глазами, но онъ, попрежнему занятый работою, не обратилъ вниманія на ея взглядъ.

— Это вѣрно, — повторилъ онъ послѣ минутнаго молчанія:— ни я, ни кто другой въ моемъ домѣ не можетъ показать Катѣ, какъ надо обращаться съ иголкою.

Катя стояла точно громомъ пораженная; при одной мысли о томъ, что ей придется разлучиться съ братьями, и въ особенности съ Матутой, она готова была расплакаться.

— Вѣдь ты навѣрное не умѣешь даже нитку вдѣть въ иголку?— обратилась къ ней незнакомая женщина.

— Нѣтъ, вы ошибаетесь,— отозвалась Катя дрожащимъ голосомъ:— умѣю.

— А шить?

— Шить тоже умѣю,— продолжала она еще больше взволнованная и сейчасъ же опустила глаза; сознаніе, что она говоритъ неправду, заставило ее сильно сконфузиться; шить она не умѣла.

— Ой, что-то не вѣрится,— отозвалась женщина, осклабивъ свой беззубый ротъ чуть не до ушей.

Катя ничего не отвѣтила.

— Мы сдѣлаемъ пробу, — продолжала она, не переставая смѣяться: — я тебѣ оставлю три штуки только-что купленныхъ мною носовыхъ платковъ, подруби мнѣ ихъ, и на двухъ штукахъ поставь мѣтки, точно такія, какъ стоятъ на третьемъ; если ты сдѣлаешь то и другое какъ слѣдуетъ, то значитъ я виновата; если же не съумѣешь, тогда безъ всякихъ разговоровъ изволь собирать пожитки и переѣзжай ко мнѣ. Два дня даю сроку — слышишь.

Въ первую минуту Катя не знала, принимать ли ей за шутку слова своей собесѣдницы или же отнестись къ нимъ серьезно, но когда собесѣдница, въ заключеніе только-что сказаннаго, дѣйствительно достала изъ корзинки три довольно большихъ носовыхъ платка и положила на скамейку,— она совершенно растерялась.

— Сегодня у насъ вторникъ,— продолжала, между тѣмъ, женщина:— въ четвергъ или, самое позднее, въ пятницу я зайду за ними, кстати тогда и заказъ мой возьму,— обратилась она къ Ивану,— теперь пока прощайте.

Съ этими словами женщина скрылась за дверью. Катя молча принялась за мытье посуды; маленькое сердечко ея заныло болѣзненно. "Какъ быть, что дѣлать съ оставленными платками?" — мысленно повторяла она себѣ безпрестанно, и не будучи въ силахъ болѣе сдерживать душившія ее слезы, разразилась громкимъ рыданіемъ, которое, по счастію, никто не могъ слышать, такъ какъ дѣдушка, взявъ съ собою Андрюшу, сейчасъ же куда-то ушелъ, а Маша и Митя играли на сосѣднемъ лугу въ пятнашки. Изрѣдка до нея доносился ихъ громкій, беззаботный смѣхъ, и чѣмъ громче, чѣмъ веселѣе они смѣялись, тѣмъ больше ей хотѣлось плакать.

Наплакавшись, наконецъ, вдоволь, бѣдняжка взяла въ руки одинъ изъ платковъ, начала его разглядывать, переворачивать, дергать за каждый уголокъ, расправлять пальцами довольно грубо вышитую самымъ простымъ швомъ мѣтку; попробовала пригнуть рубецъ такъ, какъ онъ былъ пригнутъ съ одного конца, но убѣдившись въ томъ, что толку изъ ея трудовъ никакого не выйдетъ, съ досадою отбросила въ сторону платки, уперлась обѣими руками въ подоконникъ и снова залилась горькими слезами.

— Катя, отвори, отвори скорѣе!— услыхала она за дверью голосокъ Машуты:— къ тебѣ идетъ гостья.

Катя поспѣшно соскочила съ мѣста, обтерла слезы и побѣжала открывать двери.

— Барышня, милая, дорогая!— вскричала она радостно, увидавъ маленькую Зиночку, которая бѣжала къ ней въ объятія съ веселымъ личикомъ, но замѣтивъ ея, заплаканные глаза, вдругъ отступила назадъ и сдѣлалась серьезною.

— Ты плакала?— спросила она.

Катя въ короткихъ словахъ передала то, что намъ уже извѣстно; она говорила несвязно, прерывисто, останавливаясь почти на каждомъ словѣ, потому что слезы душили ее, но Зиночка тѣмъ не менѣе поняла все, поняла даже маленькая Машута, и испугавшись мысли, что гадкая незнакомая женщина отыметъ сестричку Катю, вцѣпилась въ послѣднюю обѣими руками и закричала какъ только могла громко: "Не пущу, не пущу ни за что на свѣтѣ".

— Да ты попробуй, можетъ, что-нибудь и выйдетъ,— предложила Зиночка.

Катя печально покачала головой, какъ бы стараясь показать этимъ движеніемъ, что никогда не добьется толку въ шитьѣ, такъ какъ не имѣла о немъ ни малѣйшаго понятія, но желая угодить подругѣ, все-таки взяла въ руки работу.

Съ трудомъ вытащила она заржавленную иголку изъ набитой пескомъ старой подушечки, давно уже не бывшей въ употребленіи и стоявшей въ углу на полкѣ за мѣднымъ кофейникомъ, кое-какъ продѣла въ ушко нитку, и сжавъ въ своихъ пальчикахъ иголку, стала прокалывать ею полотно; иголка не шла въ него, она оказалась слишкомъ тонкою да и ржавчина мѣшала; Катя уперла нижній конецъ ея въ столъ и съ такою силою нажала сверху, что переѣденная ржавчиною сталь не выдержала — иголка хрустнула и сломилась.

Катя молча взглянула на Зиночку, которая сразу прочла въ этомъ взглядѣ полное отчаяніе.

— Теперь дѣло уже окончательно испорчено, другой иголки нѣтъ во всемъ домѣ, — проговорила она упавшимъ голосомъ.

— Это еще полбѣды; у бабушки иголокъ найдется сколько угодно,— поспѣшила успокоить ее Зиночка,— но главный вопросъ въ томъ, какъ бы получше да поаккуратнѣе выполнить работу.

Катя махнула рукой.

— Ты только не плачь, не тревожься, я переговорю съ бабушкой, она добрая, хорошая и умная такая, какихъ, какъ говорится, днемъ съ огнемъ поискать надо... Она что-нибудь придумаетъ,— продолжала Зиночка, и какъ бы желая скорѣе, не теряя ни минуты, привести задуманный планъ въ исполненіе, т.-е. обратиться за помощью къ бабушкѣ, сейчасъ же выбѣжала изъ избушки.

Катя перестала плакать, неожиданный приходъ Зиночки ободрилъ ее; сама не зная почему, она повѣрила ея словамъ, и убравъ съ глазъ долой злосчастный платокъ, старалась не думать о немъ.

— Иди на лужокъ бѣгать съ Митей, онъ ожидаетъ тебя, — сказала она маленькой сестренкѣ и постаралась улыбнуться.

— Плакать больше не будешь? — спросила послѣдняя.

— Не буду.

— А какъ же платки, вѣдь ихъ подрубить все-таки надо, иначе эта противная женщина уведетъ тебя?

— Развѣ ты не слыхала, что сейчасъ говорила Зиночка.

Машута въ свою очередь улыбнулась.

— Она говорила, что бабушка ея большая умница, что она непремѣнно придумаетъ что-нибудь, чтобы облегчить насъ, — сказала дѣвочка, и поцѣловавъ сестричку Катю, совершенно успокоенная побѣжала на лужокъ къ Митѣ.

Катя нѣсколько минутъ простояла молча на одномъ и томъ же мѣстѣ, затѣмъ, вспомнивъ, что у нея еще есть иголка, запрятанная гдѣ-то въ клубкѣ, поспѣшила достать ее, но иголка на этотъ разъ оказалась до того толстою, что продѣтая въ ушко ея нитка не могла тамъ держаться, безпрестанно выпадала, и когда Катя все-таки какъ-то ухитрилась проколоть ею полотно, то оставила послѣ себя большую круглую дырку; на лицѣ дѣвочки опять выразилась скорбь и тревога, глаза заволоклись слезою, но вспомнивъ слова Зиночки, она сейчасъ же постаралась сдѣлать надъ собою усиліе, прибодрялась, довольно спокойно сложила работу, убрала ее и пошла приготовлять обѣдъ вмѣстѣ съ Мироновной, которая, по счастью, оказалась въ хорошемъ расположеніи духа и не придиралась къ ней.

О посѣщеніи своей родственницы и объ оставленной на испытаніе работы Мироновна ничего не сказала, Катя тоже не считала нужнымъ ее спрашивать, хотя догадывалась, что Мироновна знала объ этомъ.

Въ назначенный часъ обѣда дѣдушка и Андрюша вернулись аккуратно; Катя опять тайкомъ взглянула на дѣдушку, надѣясь прочесть что-нибудь по выраженію его лица, но лицо дѣдушки, точно такъ же, какъ и раньше, не выражало ничего особеннаго; обѣдъ прошелъ обычнымъ порядкомъ, затѣмъ старикъ прилегъ отдохнуть, а Андрюша отправился въ огородъ вскапывать гряды.

— Дѣдушка ничего не говорилъ тебѣ про ту старую женщину, которая была сегодня? — спросила его Катя, тоже пробравшись въ огородъ послѣ ухода Маши.

— Нѣтъ; а что?

Катя сказала ему о платкахъ и сообщила свои печальныя думы; Андрюша молча покачалъ головою, на нѣсколько минутъ прервалъ работу и, опершись обѣими руками на лопату, задумался.

— Не говорилъ ли дѣдушка о томъ, что каждая женщина должна учиться рукодѣлью? — снова спросила Катя.

— Да, онъ это говорилъ, но я, конечно, не понялъ къ чему онъ велъ рѣчь и никогда бы не догадался, если бы ты не разсказала мнѣ о платкахъ и о посѣщеніи родственницы Мироновны; ахъ, эта Мироновна, чтобъ ей пусто было! — съ досадою крикнулъ Андрюша, злобно стиснувъ кулаки, и посмотрѣлъ по тому направленію, гдѣ жила Мироновна, такими сердитыми глазами, что Катѣ стало страшно.

— Тише говори, кто-нибудь можетъ услышать и передать ей, — остановила его Катя.

— Пусть передаетъ, я такъ на нее озлобленъ, что скоро при дѣдушкѣ наговорю ей дерзостей.

— Что ты, что ты, Андрюша, Господь съ тобою, развѣ это возможно!

Прошло нѣсколько секундъ тяжелаго молчанія, затѣмъ мальчуганъ снова схватился за лопату и съ какимъ-то лихорадочнымъ, неестественнымъ волненіемъ принялся вскапывать землю, увѣряя сестру, что Мироновна нарочно подослала свою родственницу и что если Катя платки не подрубить, то она непремѣнно уговорить дѣдушку раздать ихъ всѣхъ по чужимъ людямъ.

Слова Андрюши пробудили въ Катѣ прежнюю тревогу, она даже поблѣднѣла и навѣрное бы расплакалась, если бы, случайно обернувъ голову направо, не замѣтила торопливо идущую къ нимъ Зиночку.

— Идетъ!— вскричала она и начала восторженно хлопать въ ладоши, какъ всегда дѣлала маленькая Машута, когда ее что-нибудь особенно радовало.

— Кто идетъ?— переспросилъ Андрюша.

Но Катѣ некогда было отвѣчать, она спѣшила на встрѣчу Зиночкѣ, чтобы скорѣе узнать, что сказала Анна Петровна.

— Будь покойна, не плачь больше, не тревожься... я уладила твое дѣло какъ нельзя лучше!— издали крикнула Зиночка и потомъ, когда подошла ближе, принялась съ большимъ оживленіемъ передавать всѣ мельчайшія подробности разговора своего съ бабушкой по поводу оставленныхъ незнакомою женщиною платковъ.

— Бабушка приказала мнѣ сейчасъ же, сію минуту привести тебя къ ней и обѣщалась въ одинъ урокъ научить подрубливать платки; она говорила, что тутъ нѣтъ ничего труднаго; идемъ скорѣе, времени терять некогда, позднѣе бабушка будетъ занята.

Катя въ одинъ мигъ сбѣгала въ свою комнатку, переодѣлась во

все праздничное и съ сіяющимъ личикомъ послѣдовала за Зиночкою по направленію къ дачѣ Анны Петровны.

Въ продолженіе всего перехода дѣвочки говорили много, обѣ онѣ были одинаково взволнованы, такъ какъ, несмотря на недавнее знакомство, успѣли искренно полюбить другъ друга, и мысль о возможности предстоящей разлуки въ равной степени пугала какъ ту, такъ и другую.

Но вотъ, наконецъ, цѣль путешествія была достигнута, маленькія подруги начали взбираться по широкой, уставленной цвѣтами лѣстницѣ; Катя никогда въ жизни не видывала такой роскошной обстановки, какую пришлось ей видѣть теперь; въ другое время она, конечно, останавливалась бы передъ каждой вещичкой, разглядывала бы каждый стулъ, столъ, каждую занавѣску, каждую картину, но теперь ей было не до этого, она ускоренно передвигала свои маленькія ножки по паркету, шаркая ими какъ не льду и съ непривычки скользя почти ежеминутно. Такимъ образомъ имъ пришлось пройти почти черезъ всѣ комнаты — высокія, нарядныя, свѣтлыя... Анна Петровна сидѣла у себя въ будуарѣ и разбирала какое-то платье въ довольно большой высокой корзинкѣ съ горбатою крышкою, приставленной къ ея кресламъ.

— Здравствуй, милая дѣвочка! — сказала она, ласково взглянувъ на Катю. — Зиночка передала мнѣ, какая сегодня бѣда стряслась надъ тобою, но плакать и отчаиваться не слѣдуетъ; мы этому горю скоро поможемъ.

Голосъ доброй старушки звучалъ какъ-то особенно пріятно, наполняя изстрадавшееся сердечко Кати неописанной отрадой; бѣдная дѣвочка взглянула на нее довѣрчиво, сдѣлала нѣсколько шаговъ впередъ, поднесла къ губамъ ея руку и начала покрывать эту руку безконечными поцѣлуями и благодарить, благодарить безъ конца.

— Подожди, дружокъ, благодарность послѣ, прежде надо дѣло сдѣлать; ну-ка, ну, показывай работу.

63

Катя передала одинъ изъ платковъ, на которомъ видны были слѣды проколовъ толстой заржавленной иголки.

Анна Петровна надѣла на глаза очки, взяла въ руки платокъ и, отодвинувъ его отъ себя, чтобы лучше видѣть, принялась разглядывать. Зиночка стояла сзади, съ любопытствомъ выглядывая изъ-за плеча бабушки на Катю, которая, приложивъ указательный пальчикъ къ углу губъ, впилась глазами въ Анну Петровну и, дрожа словно въ лихорадкѣ, ждала своего приговора.

— Развѣ можно подрубать полотно такой толстой иголкой, это не иголка, а шило,— шутливо замѣтила Анна Петровна, выглядывая изъ-подъ очковъ на Катю.

Катя опустила глаза; Анна Петровна, между тѣмъ, достала изъ рабочей корзинки нѣсколько катушекъ нитокъ и подходящую къ нимъ иголку.

— Прежде всего надо загнуть рубцы, — обратилась она къ Катѣ, и не дожидаясь отвѣта, показала, какъ надо загибать ихъ; Катя поняла сейчасъ же; Анна Петровна ее похвалила, и когда рубцы оказались загнутыми со всѣхъ четырехъ сторонъ, дѣвочка принялась шить.

Сначала дѣло не спорилось, иголка все какъ-то выскакивала, шла вкривь и не сразу захватывала обѣ части загнутаго полотна, но затѣмъ, по прошествіи самаго непродолжительнаго времени, и эта неловкость устранилась. Катя оказалась очень смышленою, Анна Петровна не могла налюбоваться, а Зиночка такъ положительно пришла въ восторгъ насколько отъ успѣховъ своей маленькой подруги, настолько и отъ радостной мысли о томъ, что теперь злая женщина, пріятельница такой же злой Мироновны, не оторветъ Катю отъ семьи и не увезетъ къ себѣ.

О томъ, насколько была счастлива Катя — нечего и говорить; она не находила словъ, чтобъ выразить благодарность доброй

Аннѣ Петровнѣ и пришла къ дѣдушкѣ такая сіяющая, такая довольная, какой онъ ее еще никогда не видывалъ.

— Что случилось?— спросилъ онъ съ удивленіемъ.

Катя сначала не рѣшалась говорить; но затѣмъ, когда дѣдушка серьезно и настоятельно потребовалъ отвѣта, разсказала все, какъ было, не скрывая своего страха быть увезенной отъ него старою женщиною.

По мѣрѣ того какъ она говорила, лицо столяра Ивана принимало все болѣе и болѣе ласковое выраженіе.

— Ты напрасно тревожилась, дорогая, — отвѣчалъ онъ, когда разсказъ былъ оконченъ,— я не придавалъ никакого значенія словамъ этой женщины и никогда не отдалъ бы тебя работать за деньги въ чужіе люди, у меня хватитъ настолько средствъ, чтобы прокормить васъ...

Катя бросилась на шею дѣдушки, Андрюша и младшія дѣтки сдѣлали то же самое.

— Тише, тише, задушите, — смѣялся дѣдушка, стараясь высвободиться изъ объятій и въ то же время отвѣчая на ласку ласкою.

— Но платки я окончу во всякомъ случаѣ,— сказала Катя,— пускай злая старуха, заставившая всѣхъ насъ пережить столько тяжелыхъ минутъ, видитъ, что я умѣю работать, если не лучше ея, то уже навѣрное не хуже,

— Конечно, — отвѣчалъ дѣдушка.

— Конечно, конечно,— подхватили остальные.

ГЛАВА VII

ПРИМИРЕНІЕ

Старая женщина, родственница Мироновны, въ назначенный его день пришла за своимъ заказомъ. Ивана не было дома, заказъ ей передалъ Андрюша по порученію дѣдушки, который теперь почти постоянно, во время его отсутствія, отдавалъ заказчикамъ оконченныя работы и принималъ новые заказы, если таковые случались.

Подъ руководствомъ дѣдушки онъ началъ съ большимъ успѣхомъ обучаться столярному мастерству и, отъ природы одаренный замѣчательною способностью, обѣщалъ въ недалекомъ будущемъ сдѣлаться такимъ же хорошимъ мастеромъ, какъ самъ дѣдушка.

— А сестричка твоя дома?— спросила его старая женщина, расплатившись за заказанною работу.

— Кажется.

— Нельзя ли мнѣ повидать ее?

Андрюша послалъ находившагося тутъ же маленькаго Митю позвать сестричку. Оказалось, что Катя занималась стиркою вмѣстѣ съ Мироновною, но это не помѣшало ей поспѣшно вытереть мокрыя руки и придти на зовъ.

— Ну, какъ дѣла, что сталось съ платками, гдѣ они, и собрала ли ты свои пожитки, чтобы уѣхать отсюда вмѣстѣ со мною?— насмѣшливо заговорила старая женщина, взглянувъ исподлобья на Катюшу.

Прежде Катюша испугалась бы и голоса ея, и взгляда, теперь же ни то, ни другое нимало не смутило ее.

— Едва-ли мнѣ придется собрать пожитки и уѣзжать отсюда съ вами, — отвѣчала она смѣло.

— Въ самомъ дѣлѣ?

— Вѣрно.

— А платки?

— Готовы. — И Катя подала ей аккуратно сложенные и намѣченные платки.

Старуха начала разсматривать.

— Не сама дѣлала, — грубо отозвалась она, комкая платки въ корзинку.

— Почему вы такъ думаете? — съ улыбкой спросила Катя.

— Потому что работа слишкомъ хорошая и аккуратная.

— Увѣряю васъ, я дѣлала все сама, своими собственными руками; мнѣ показали разъ, какъ надо приняться, я поняла и исполнила.

— Разсказывай сказки кому другому, но не мнѣ; меня не проведешь. — продолжала старуха, въ голосѣ которой слышалось явное неудовольствіе.

— А мѣтку тоже сама дѣлала? — продолжала она, уже окончательно расхохотавшись.

Катя отвѣчала утвердительно и въ доказательство истины своихъ словъ предложила сейчасъ же, въ ея присутствіи, зашить или починить что угодно. Старуха ухватилась за предложеніе дѣвочки, надѣясь уличить ее во лжи, и не долго думая, достала изъ корзинки еще точно такой же платокъ, но обрубленный только съ трехъ сторонъ и безъ мѣтки. Катя въ одинъ мигъ сбѣгала за иголкой и на глазахъ у старухи окончила рубецъ такъ ровно и такъ скоро, что старуха только развела руками. Затѣмъ Катя принялась за мѣтку, исполненіе которой оказалось не менѣе быстро и безукоризненно.

— Да, кажись, не видать мнѣ тебя у себя нянькою и не только не приниматься учить рукодѣлью, а еще самой надо ходить учиться сюда, — замѣтила тогда старая женщина уже серьезно, и какъ бы не желая вступать въ дальнѣйшія объясненія, собрала пожитки и уже намѣревалась уходить, но въ эту самую минуту ее вдругъ окликнула Мироновна, пригласивъ выпить съ нею чашечку кофейку съ горячими сливками.

— Ты можешь идти окончить стирку, — обратилась Мироновна къ Катѣ, — самое главное сдѣлано, осталась только мелочь.

Катя молча направилась въ кухню и, снова засучивъ рукава, принялась за стирку, которая далеко еще не была окончена; Катя это знала, но никогда ни въ чемъ не спорила съ Мироновной, почему Мироновна относилась къ ней во многомъ гораздо снисходительнѣе, чѣмъ къ Андрюшѣ и къ младшимъ дѣткамъ, не умѣвшимъ смолчать во-время.

Пока дѣвочка занималась стиркою, обѣ родственницы съ наслажденіемъ пили кофе и вполголоса, чтобы ихъ кто не разслышалъ, о чемъ-то долго и оживленно разговаривали. Катя не замѣтила, когда старуха, наконецъ, удалилась; она работала усердно, продолжая строить въ своей маленькой головкѣ различные планы касательно того, какимъ образомъ придется вести себя, чтобы угодить и дѣдушкѣ, и Мироновпѣ, вмѣшательство которой въ ихъ судьбу ее все-таки сильно тревожило.

Проводивъ гостью, Мироновна тоже принялась за стирку, но въ разговоръ съ Катей, по обыкновенію, не вступала до тѣхъ поръ, пока не настала пора позаботиться о приготовленіи обѣда и когда уже, волей неволей, приходилось говорить о томъ, какъ состряпать кушанья и какую для этого принести провизію.

— Иди разводить огонь,— обратилась она, наконецъ, къ маленькой сироткѣ, предварительно взглянувъ на солнце и сообразивъ, вѣроятно, который могъ быть часъ въ данное время.

Эти слова вывели Катю изъ задумчивости; она встрепенулась и молча направилась въ избушку, чтобы исполнить полученное приказаніе.

— Постой,— остановила ее вдругъ Мироновна,— обѣдъ я лучше буду варить сама, а ты выкрути бѣлье и поскорѣе развѣсь на веревки, чтобы оно успѣло высохнуть, пока солнце.

Катя вернулась; маленькія ручки ея, привыкшія къ работѣ, ни одной секунды не оставались въ бездѣйствіи, и прежде чѣмъ Мироновна успѣла заготовить для обѣда все необходимое, только-что выстиранное бѣлье все до послѣдней тряпки оказалось выжатымъ и развѣшаннымъ.

Развѣшивая его, Катя замѣтила, что оно въ страшномъ безпорядкѣ; что рубашки дѣдушки разорваны, что на нихъ нѣтъ ни пуговицъ, ни тесемокъ, бѣлье Мироновны то же самое; ея же собственное бѣлье и бѣлье остальныхъ дѣтокъ выглядѣло совершенно иначе благодаря заботамъ о немъ покойной матери, воспоминаніе о которой вызвало у Кати невольныя слезы.

"Я должна стараться во всемъ подражать мамѣ, она была такая же хорошая, такая же добрая, какъ бабушка Зиночки, да... да... я буду подражать ей... и первымъ дѣломъ начну съ того, что возьму на себя починку бѣлья".

Починка бѣлья казалась Катѣ очень интересною, она съ нетерпѣніемъ ожидала, когда оно высохнетъ, и при первой возможности, снявъ съ веревки, что было можно, сейчасъ же приступила къ работѣ, но, къ крайнему ея удивленію и великому неудовольствію, работа эта въ дѣйствительности оказалась гораздо труднѣе, чѣмъ она думала. Подрублять платки и чинить рубашки было совсѣмъ иное дѣло; Катя задумалась; только-что овладѣвшая ею энергія опять пропала, она снова почувствовала свое безсиліе противъ Мироновны, и печально склонивъ головку, долго стояла неподвижно на одномъ и томъ же мѣстѣ. Но вотъ вдругъ ей послышались знакомые шаги; она обернулась, выглянула черезъ заборъ, за которымъ тянулась дорога, ведущая прямо къ дачѣ Анны Петровны, и увидала идущую къ ней Зиночку.

— А я за тобою, — сказала Зиночка, подходя ближе, — бабушка проситъ, чтобы ты пришла къ ней, если можно сейчасъ же, она имѣетъ до тебя какое-то дѣло.

Катя подняла голову и спросила, знаетъ ли она, въ чемъ именно можетъ заключаться дѣло. Зиночка отвѣчала, что не знаетъ.

— Впрочемъ, въ чемъ бы оно ни заключалось, я всегда готова служить вашей бабушкѣ, — отозвалась Катя, — она такъ много уже для меня сдѣлала; вотъ и теперь мнѣ бы очень хотѣлось попросить ея совѣта, да безпокоить не смѣю.

Зиночка, въ свою очередь, поинтересовалась узнать, въ чемъ состоитъ совѣтъ, Катя отвѣчала на вопросъ ея съ полной откровенностью.

— Только-то! — засмѣялась Зиночка. — О, бабушка сдѣлаетъ это съ удовольствіемъ! — и замѣтивъ, что Катя все еще какъ бы стѣснялась, сама сняла съ веревки нѣсколько штукъ порваннаго бѣлья, зажала его въ комочки, положила себѣ подъ мышку и громко проговорила: — Пойдемъ, бабушка тебя ждетъ.

Катя улыбнулась; дорога къ дачѣ Анны Петровны была ей уже знакома, а потому не показалась такою длинною, какъ прошлый разъ, да, кромѣ того, она знала Анну Петровну и шла къ ней безъ всякаго страха.

Анна Петровна сидѣла на балконѣ и увидала дѣвочекъ еще издали.

— Бабушка! — крикнула Зиночка: — Катя имѣетъ къ тебѣ маленькую просьбу, но боится безпокоить, а я отъ твоего имени дала ей на это разрѣшеніе.

— И прекрасно сдѣлала.

— Вотъ видишь ли, — обратилась тогда Зиночка къ своей маленькой подругѣ, — не я ли говорила тебѣ, что моя бабушка добрая; объясни ей скорѣе, что тебѣ надобно.

Катя поспѣшила объяснить.

Анна Петровна, какъ всегда ласковая и добродушная, очень охотно научила ее, какимъ образомъ слѣдуетъ приступить къ починкѣ, и объяснила разницу, которая существуетъ между рубцомъ при подрубливаніи и обыкновеннымъ швомъ. Катя поняла съ перваго раза.

— Благодарю васъ очень, — сказала она, почтительно поцѣловавъ руку старушки, и спросила, по какому дѣлу послѣдняя ее вытребовала.

— Ахъ да, мнѣ кто-то сказалъ, что твой дѣдушка продаетъ теленка, правда это? — спросила Анна Петровна: — я бы желала купить его.

— Правда, — отвѣтила Катя, и личико ея приняло почти сіяющее выраженіе; она вспомнила, что отъ продажи теленка зависитъ счастье Андрюши, которому дѣдушка давно уже обѣщалъ на вырученныя отъ продажи теленка деньги купить коньки.

— Такъ вотъ, пожалуйста, передай дѣдушкѣ, чтобы онъ этого

71

теленка не продавалъ никому, я дамъ хорошія деньги, и черезъ недѣлю пришлю садовника взять его и привести сюда.

Вихремъ понеслась Катя обратно домой; она знала заранѣе, что Анна Петровна денегъ не пожалѣетъ, заплатитъ щедро, такъ что кромѣ коньковъ, дѣдушка еще и себѣ можетъ что-нибудь купить на нихъ; ей хотѣлось скорѣе сообщить объ этомъ домашнимъ и затѣмъ приняться за починку, но приняться такимъ образомъ, чтобы никто этого не видалъ и чтобы, когда она будетъ окончена, неожиданно поднести исправленное бѣлье дѣдушкѣ и старой Мироновнѣ.

Обдумавъ все обстоятельно, она очень ловко привела свой планъ въ исполненіе, и цѣлыя двѣ ночи подъ рядъ, уложивъ дѣтокъ спать и прибравъ въ домѣ все, что нужно, вмѣсто того, чтобы тоже ложиться, зажигала маленькую лампочку и при свѣтѣ ея работала у стола до тѣхъ поръ, пока притомившіеся глазки въ концѣ концовъ совершенно слипались. Благодаря такой усидчивости, работа быстро подвигалась впередъ и къ назначенному самой же Катей дню оказалась готовою.

Мироновна по обыкновенію пришла утромъ; погода стояла пасмурная, а потому Митя и Маша не могли выйти на лужайку; столяръ Иванъ тоже занялся какой-то работой, не было дома только двоихъ старшихъ дѣтей — Андрюши да Кати, которые съ утра еще отправились въ школу.

— Слушай-ка ты, стрекоза, не знаешь ли, готово мое бѣлье у Кати? — спросила Мироновна маленькую Матуту.

— Да, да, готово, она велѣла даже сказать тебѣ объ этомъ, а я позабыла.

— То-то позабыла; всѣ вы ничего не помните и не видите дальше своего носа.

Маша не поняла колкости, сказанной старою женщиною, и пристально взглянувъ впередъ передъ собою, отвѣчала съ наивностью:

— Нѣтъ, бабушка Мироновна, я вижу все, что стоитъ, лежитъ и движется передъ моимъ носомъ.

— И я тоже, — поддержалъ сестричку Митя.

Мироновна невольно улыбнулась; улыбнулся и старикъ Иванъ, не отрывая глазъ отъ работы.

— Вотъ бѣлье здѣсь въ корзинкѣ лежитъ, — продолжала, между тѣмъ, Маша, не замѣтившая улыбки старшихъ. Мироновна подошла къ корзинкѣ, чтобы разобрать бѣлье, но, взявъ руками первыя двѣ-три штуки, остановилась въ изумленіи.

— Иванъ, посмотри, — обратилась она къ столяру: — все бѣлье не только твое, но и мое даже исправлено и перечинено; кто могъ это сдѣлать?

— Я еще съ утра замѣтилъ, да думалъ такъ показалось, — отозвался Иванъ.

И подойдя къ корзинкѣ, онъ принялся вмѣстѣ съ Мироновной тщательно разглядывать каждую вещичку. Не трудно было имъ догадаться, чьихъ рукъ это было дѣло. На глазахъ старика невольно выступили слезы; Мироновна стояла тоже умиленная, въ особенности, когда маленькая Маша созналась, что обѣ ночи подъ рядъ видѣла какъ сестричка Катя не спала, а все работала.

Я спросила ее, почему она не ложится, а она только погрозила мнѣ пальчикомъ, да сказала: "Спи, спи и не смѣй никому разсказывать, что ты видѣла какъ я работала", — добавила малютка въ заключеніе.

Дѣдушка былъ тронутъ этими словами до глубины души; онъ долго потомъ разговаривалъ о чемъ-то съ Мироновной, о чемъ именно, Маша не могла понять, да ее и не интересовало, она знала только одно, что съ этого достопамятнаго дня дѣдушка сталъ ко всѣмъ нимъ еще ласковѣе, и Мироновна окончательно перестала ворчать и сердиться.

ГЛАВА VIII

НЕОЖИДАННОЕ ГОРЕ

Нѣсколько дней спустя послѣ всего вышесказаннаго, у старика Ивана случилось слѣдующее, совершенно непредвидѣнное, печальное обстоятельство: теленокъ, который предназначался на продажу и за котораго Анна Петровна сулила хорошую цѣну, вдругъ заболѣлъ и пересталъ не только ѣсть кормъ, но даже подниматься съ мѣста. Помимо того, что теленка было жаль изъ чувства человѣчности, старикъ Иванъ и старшіе внуки отлично понимали, что если теленокъ подохнетъ, то имъ это будетъ большой убытокъ. Иванъ разсчитывалъ на вырученныя деньги купить кой-какіе инструменты, которыхъ у него не хватало, и матеріалъ для работы, а Андрюша, какъ уже сказано выше, надѣялся имѣть коньки; время какъ разъ подходило къ осени, дни становились короче, вечера длиннѣе; нолевыя работы близились къ концу, и волей-неволей приходилось чаще сидѣть дома. Катюша, какъ болѣе занятая дѣломъ, этого почти не замѣчала, но младшія дѣтки и даже Андрюша видимо повѣсили головы. Андрюша въ особенности опечалился, когда Мироновна однажды за завтракомъ объявила, что теленокъ подохъ.

Услыхавъ такую грустную новость, дѣтки даже заплакали; Андрюша бросилъ ложку и вмѣстѣ съ дѣдушкой пошелъ въ хлѣвъ, чтобы собственными глазами убѣдиться въ томъ, что сейчасъ услыхали отъ Мироновны; Катя и Машута послѣдовали за ними.

Бѣдный маленькій теленочекъ лежалъ неподвижно на соломѣ, лапки его были вытянуты, глаза закрыты.

74

— Онъ спитъ! — вскричала Маша, и нагнувшись ближе къ теленку, принялась теребить его за ноги, но теленокъ глазъ не открывалъ и не шевелился. Тогда Маша разразилась громкимъ рыданіемъ. Катя поспѣшила увести ее изъ хлѣва и всѣми силами старалась успокоить, несмотря на то, что сама готова была тоже разрыдаться.

Вся остальная часть дня прошла очень скучно; дѣти не хотѣли ни бѣгать, ни играть, ни даже разговаривать. Дѣдушка и Мироновна тоже казались печальными. Катя, какъ заботливая сестричка и старшая дѣвочка, попробовала-было занять малютокъ сказкою, но трудъ ея плохо увѣнчался успѣхомъ, сказка какъ-то но складывалась, и она замолчала. Около семи часовъ дѣдушка зажегъ лампу, младшихъ дѣтокъ напоили молокомъ и положили спать; старшія занялись приготовленіемъ уроковъ, по окончаніи которыхъ Андрюша тоже пошелъ на боковую, а Катя осталась сидѣть съ дѣдушкой, и торопливо перебирая въ рукахъ вязальныя спицы, спѣшила окончить надвязку чулокъ, взятыхъ ею у сосѣдки за небольшую плату. Она разсчитывала и надѣялась, что этотъ, хотя сравнительно не важный заработокъ все же пригодится дѣдушкѣ, въ особенности теперь, когда на предполагаемыя деньги за теленка разсчитывать было нечего.

— Пора спать, — сказалъ, наконецъ, дѣдушка.

Катя пожелала ему спокойной ночи, и очень довольная тѣмъ, что въ продолженіе минувшаго вечера успѣла почти докончить вторую пару заказанныхъ чулокъ, ушла въ свою каморочку, гдѣ застала Машу, конечно, уже давно заснувшею.

На слѣдующее утро она проснулась въ свой обычный часъ; и день пошелъ, какъ всегда, однимъ и тѣмъ же порядкомъ. Дѣдушка занялся работою, Мироновна копошилась въ кухнѣ, Машу и Митю выпустили поиграть на дворъ, такъ какъ погода стояла ясная, солнышко свѣтило весело, и хотя не могло уже согрѣвать такъ, какъ согрѣвало лѣтомъ, но все же, одѣвшись

75

теплѣе, на дворѣ оставаться было очень пріятно. Андрюша ушелъ въ школу, Катя тоже; дѣдушка, Мироновна и младшія дѣтки завтракали вчетверомъ; за четверть часа до обѣда вернулась Катя; узнавъ, что Андрюши до сихъ поръ нѣтъ, она очень удивилась и сказала, что изъ школы они вышли одновременно, но она не подходила къ нему потому, что онъ шелъ въ компаніи нѣсколькихъ мальчиковъ. Дѣдушка предложилъ подождать его.

Въ другое время Мироновна, конечно, противъ этого возстала бы и ни за что не согласилась, но теперь, послѣ того знаменательнаго дня, когда Катя такъ угодила ей починкою бѣлья, она на все смотрѣла иначе и относилась къ дѣтямъ чрезвычайно благосклонно, не исключая даже Андрюши, съ которымъ раньше постоянно ссорилась.

Подождавъ внука болѣе получаса, Иванъ наконецъ рѣшилъ сѣсть за столъ, и только-что собирался выразить свое неудовольствіе по поводу того, что мальчикъ долженъ былъ по крайней мѣрѣ предупредить, что не придетъ во-время къ обѣду, какъ наружная дверь отворилась и на порогѣ ея показался Андрюша. Онъ дышалъ тяжело и прерывисто, щеки его разгорѣлись; старикъ догадался, что мальчуганъ, вѣроятно промѣшкавъ гдѣ-нибудь да заболтавшись съ товарищами, спохватился и, чтобы наверстать потерянное время, шелъ домой скорѣе обыкновеннаго.

— Виноватъ, запоздалъ!— пробормоталъ онъ дрожащимъ голосомъ, не рѣшаясь подойти къ столу.

Старикъ взглянулъ строго; но миловидное личико мальчугана показалось ему до того взволнованнымъ и озабоченнымъ, что онъ сразу почувствовалъ къ нему состраданіе и пересталъ сердиться.

— Больше никогда не дѣлай этого; я во всемъ люблю аккуратность,— замѣтилъ онъ Андрюшѣ, считая долгомъ во всякомъ случаѣ сдѣлать ему маленькій выговоръ, и сейчасъ же знакомъ руки пригласилъ садиться.

Андрюша въ продолженіе всего обѣда казался какимъ-то страннымъ, ѣлъ мало; противъ обыкновеннаго ничего не разсказывалъ и говорилъ только тогда, когда его спрашивали. Наблюдательная во всемъ, что касалось ея братьевъ и сестры, Катя сейчасъ же замѣтила тревожное состояніе Андрея, но объяснивъ его послѣдствіемъ только-что полученнаго выговора, оставалась совершенно покойною.

Послѣ обѣда дѣдушка легъ отдохнуть, Мироновна ушла домой, а дѣтки занялись игрушками, Катя начала мыть посуду; на душѣ ея въ этотъ день было очень тоскливо, она узнала утромъ, что Зиночка заболѣла корью, вслѣдствіе чего имъ долго не придется видѣться, а это для Кати было большое лишеніе; бѣдняжка даже всплакнула, и вѣроятно долго, очень долго занялась бы думою о Зиночкѣ, если бы эту думу не прервалъ неожиданно появившійся Андрюша.

— Знаешь, почему я запоздалъ сегодня къ обѣду, — обратился онъ къ сестрѣ, все еще нѣсколько взволнованный, — я долго говорилъ съ Гришей Левинымъ.

— Съ Гришей Левинымъ? — переспросила Катя, и на лицѣ ея выразилась не то тревога, не то неудовольствіе.

— Ну да, почему это тебя удивляетъ?

— Гриша дурной мальчикъ, его сторониться надо; мы съ тобою объ этомъ вѣдь не разъ говорили, ты самъ разсказывалъ про него много нехорошаго.

— Да я и теперь не хвалю его, но все-таки не могу не согласиться съ тѣмъ, что ему пришла въ голову такая чудная мысль, какая рѣдко кому приходитъ.

— А именно?

— Для того, чтобы ты поняла ее какъ слѣдуетъ, надо разсказать все подробно.— И присѣвъ на скамейку, мальчикъ сначала откашлялся, а затѣмъ началъ слѣдующее:

— Когда мы вышли изъ школы, то кто-то изъ товарищей, кажется, Нетя Рыкинъ — навѣрное не помню — замѣтилъ, что на дворѣ становится холодно, что скоро, пожалуй, наступятъ морозы, и что надо заблаговременно озаботиться привести въ порядокъ коньки тому, у кого они есть, или "если кто можетъ купить ихъ",— отозвался я и подробно разсказалъ приключившуюся у насъ печальную исторію съ теленкомъ.

— Товарищи стали жалѣть меня, Петя предложилъ свои коньки, когда мнѣ вздумается покататься, я его поблагодарилъ, конечно, но сказалъ, что это все-таки не то, что имѣть собственные; вѣдь правда?

— Безъ сомнѣнія, — отозвалась Катя.

— Ты можешь устроить такъ, что у тебя свои будутъ, сказалъ мнѣ тогда Гриша,— продолжалъ мальчикъ послѣ минутнаго молчанія.— Я вторично объяснилъ ему, что ни у меня, ни у дѣдушки нѣтъ денегъ для того, чтобы купить ихъ. Я научу тебя, какъ поступить и откуда раздобыть деньги, отвѣтилъ на это Гриша, и дѣйствительно предложилъ такую чудную, забавную и выгодную штуку, что ты никакъ не догадаешься.

— Ну... ну... какую?

— Ты, говоритъ, одѣнься какъ можно хуже, отыщи самое рваное, грязное, противное платье, раздобудь на голову такой же картузъ, вымажь лицо и руки сажей и, когда на дворѣ начнетъ смеркаться, встань гдѣ-нибудь за угломъ, или, еще того лучше, на церковной паперти, когда народъ будетъ выходить въ субботу отъ всенощной, протяни руку и жалобнымъ, плаксивымъ голосомъ проси милостыню, ври все то, что на умъ придетъ, скажи, что у тебя дома больной отецъ, мать и хоть тамъ пятеро братьевъ да столько же сестеръ умираютъ съ голода, однимъ словомъ, чѣмъ больше будешь врать, тѣмъ выйдетъ лучше; какая-нибудь добродушная старушка-богомолка сжалится и вмѣсто того, чтобы подать тѣмъ нищимъ, которые стоятъ тамъ всегда, непремѣнно подастъ тебѣ, да еще подастъ больше. Продѣлай такую штуку раза два; сначала въ нашей деревнѣ, потомъ пройдись по сосѣднимъ и увидишь, что по прошествіи непродолжительнаго времени денегъ наберешь порядочно, только надо скорѣе приступить къ дѣлу, чтобы деньги были готовы къ тому времени, когда замерзнутъ рѣки. Если хочешь, на первый разъ я пойду вмѣстѣ съ тобою, чтобы научить всѣмъ пріемамъ; костюмъ подходящій у меня есть, я его берегу для случая, и отъ времени до времени пользуйся имъ. Я согласился...

— Ты согласился!— съ ужасомъ перебила его Катя и хотѣла еще что-то сказать, но Андрюша остановилъ ее.

— Согласился и непремѣнно приведу этотъ совѣтъ въ исполненіе, если не сегодня, то завтра обязательно.

— Андрюша!— еще разъ воскликнула Катя, взглянувъ на мальчика умоляющими глазками.

Далѣе продолжать начатый разговоръ имъ не пришлось, потому что въ комнату вошелъ дѣдушка; онъ держалъ въ рукахъ зажженную лампу и, поставивъ ее на столъ, объявилъ дѣткамъ, что ему удалось раздобыть отъ мѣстнаго священника интересную книгу, которую онъ сегодня вечеромъ будетъ читать громко. Въ книгѣ этой говорилось о жизни святыхъ и о томъ, какъ они своими добрыми дѣлами, постомъ и молитвою угодили Богу.

Прежде чѣмъ приняться за чтеніе, старикъ подозвалъ Андрюшу и, доставъ изъ кожанаго кошелька нѣсколько мелкихъ монетъ, приказалъ завтра, возвращаясь изъ школы, зайти въ лавочку и купить столярнаго клея.

Катя молча взяла въ руки вязанье и подсѣла ближе къ огню, Андрюша и двое младшихъ дѣтокъ сдѣлали тоже. Иванъ началъ читать тихо, медленно, нараспѣвъ, иногда запинаясь, по нѣсколько разъ складывалъ и перечитывалъ одно и то же слово, но это не уменьшало интереса книги; во всякое другое время Катя слушала бы внимательно, вникая въ каждое слово, какъ она любила это дѣлать, когда дѣдушка или вообще кто-либо изъ старшихъ говорилъ что-нибудь поучительное, теперь же маленькую головку ея невольно осаждали самыя печальныя, самыя тревожныя мысли и сколько ни дѣлала она надъ собою усилія, чтобы сосредоточиться, толку выходило мало.

Андрюша, съ своей стороны, тоже былъ слишкомъ озабоченъ для того, чтобы понять содержаніе книги; ему невольно мерещился Гриша, мерещилась церковная паперть, нищая братія въ грязныхъ изорванныхъ костюмахъ... мѣдныя деньги... и въ заключеніе блестящіе стальные коньки... До того ли тутъ было, чтобы вникать въ смыслъ дѣдушкиной книжки. Одни только маленькіе какъ будто слушали внимательно, выставивъ впередъ головки и съ любопытствомъ слѣдя за движеніемъ губъ дѣдушки, но на самомъ дѣлѣ и этого не было; они были слишкомъ малы для того, чтобы понять, что читалъ дѣдушка, а потому ихъ гораздо больше занимало, какъ при чтеніи книжки шевелились его сѣдые усы, чѣмъ то, что говорилось въ книжкѣ. Когда стѣнные часы пробили девять, Катя поспѣшила напоить дѣтокъ молокомъ и уложила въ кровати, послѣ чего ей очень хотѣлось улучить минутку поговорить съ Андрюшей и отсовѣтовать ему переодѣваться пищимъ, но случайно ли или съ умысломъ, только Андрюша словно избѣгалъ остаться съ нею наединѣ и все время вертѣлся около дѣдушки.

На слѣдующее утро Катя встала ранѣе обыкновеннаго, надѣясь хотя теперь поймать его, но надежда не осуществилась; мальчуганъ противъ обыкновенія ушелъ изъ дому, не выпивъ даже своей порціи горячаго молока. Это маленькое обстоятельство ее очень встревожило; она инстинктивно догадывалась, что онъ серьезно задумалъ послѣдовать неразумному совѣту Гриши, котораго она давно не любила, хотя ни разу не видала его, не говорила съ нимъ и знала о немъ только по наслышкѣ.

ГЛАВА IX

НАХОДКА

Неужели Андрюша и сегодня будетъ также неаккуратенъ, неужели опоздаетъ къ обѣду, неужели онъ на самомъ дѣлѣ выкинетъ ту глупую штуку, о которой разсказывалъ вчера? — думала Катя, возвратившись изъ школы, и сердечно обрадовалась, когда, нѣсколько минутъ спустя послѣ ея возвращенія, на порогѣ показался Андрюша. Лицо его не было такое взволнованное, какъ вчера, глаза смотрѣли весело; онъ поспѣшно отбросилъ въ сторону ранецъ съ книгами и принялся разсказывать различныя школьныя новости; словомъ, это былъ прежній, хорошій добрый Андрюша, какимъ Катя всегда привыкла знать его; о глупомъ замыслѣ разыгрывать роль нищаго онъ больше не заикался и даже, между прочимъ, сказалъ, что Гриша на цѣлыя двѣ недѣли уѣхалъ гостить къ брату своей матери, въ сосѣднюю деревню.

— Какъ же его отпустили изъ школы, теперь вѣдь не праздникъ? — спросила Катя, которой вдругъ почему-то пришло въ голову, что братъ говоритъ ей это для того, чтобы ее успокоить.

— Дядя Гриши ужъ очень просилъ учителя, онъ матросъ, нѣсколько лѣтъ былъ въ плаваніи, а теперь пріѣхалъ домой на побывку только на десять дней, затѣмъ опять уйдетъ въ море; Гриша же приходится ему не только племянникомъ, но и крестникомъ.

Катя успокоилась; она знала, что Андрюша никогда не лгалъ, повѣрила ему на слово и сразу почувствовала, что у нея точно гора съ плечъ свалилась; хотѣлось ей, впрочемъ, спросить брата, приведетъ ли онъ задуманный планъ въ исполненіе безъ Гриши, будетъ ли ждать, пока Гриша возвратится, или совсѣмъ откажется отъ мысли добывать деньги на покупку коньковъ такимъ постыднымъ образомъ, но такъ какъ самъ Андрюша про это ничего не говорилъ, то спрашивать казалось неудобнымъ.

— Къ завтраму мнѣ надо приготовить очень трудную задачу, — снова заговорилъ мальчикъ, вынимая изъ ранца тетрадку и книгу, въ которой листы были до того изорваны, что при первомъ прикосновеніи къ ней вѣеромъ разлетѣлись въ разныя стороны.

Митя и Маша съ громкимъ хохотомъ бросились поднимать ихъ.

— Развѣ можно держать въ такомъ безпорядкѣ книги, — замѣтила Катя.

— Самъ знаю, что нехорошо, да дѣлать нечего, — отозвался Андрюша, и взявъ изъ рукъ младшихъ дѣтокъ перепутанные листы, принялся подбирать ихъ по порядку, но это оказалось дѣломъ не легкимъ, и Андрюша, по природѣ нетерпѣливый и горячій, видимо терялъ терпѣніе.

— Оставь, послѣ сдѣлаешь, теперь у тебя все равно ничего не выйдетъ, ты еще не успѣлъ отдохнуть, да, кромѣ того, сейчасъ придетъ дѣдушка, сядемъ обѣдать, — сказала Катя.

— Нельзя оставить, я по этой книгѣ долженъ дѣлать задачу; если оставлю, то у меня потомъ не хватитъ времени, — возразилъ Андрюша недовольнымъ голосомъ, въ которомъ даже слышались слезы.

Катя предложила помочь ему, но это ей не удалось, такъ какъ старикъ Иванъ дѣйствительно не замедлилъ войти въ избушку и надо было садиться за столъ; онъ не любилъ ждать, да и кромѣ того разсчитывалъ каждый часъ, который могъ употреблять для работы.

— А я, Катюша, принесъ тебѣ добрыя вѣсти,— обратился онъ къ своей маленькой внучкѣ, съ ласковой улыбкой.

— Добрыя вѣсти?

— Да.

— Какія?— съ любопытствомъ спросила дѣвочка.

— Сейчасъ меня требовали на дачу къ Аннѣ Петровнѣ исправить зимнія рамы... Анна Петровна сказала, что ея Зиночка поправилась и очень просила тебя зайти къ ней сегодня же вечеромъ, какъ только приберешься дома.

На лицѣ Кати выразилось удовольствіе, которое, впрочемъ, продолжалось не долго, такъ какъ она невольно вспомнила про трудную задачу Андрюши, про его изорванную книгу и про то, что обязана помочь ему, да и сама, кромѣ того, тоже имѣла собственный урокъ, приготовленіемъ котораго не озаботилась, разсчитывая провести всю остальную часть дня и весь вечеръ дома.

— Пойдешь?— спросилъ мальчуганъ упавшимъ голосомъ.

— Сходить надо, хотя не надолго, несмотря на то, что сегодня у меня дѣла такъ много, какъ рѣдко бываетъ.

— Конечно, ступай; не исполнить желанія Анны Петровны неловко, — вмѣшался дѣдушка.

— Не надолго?— вторично спросилъ Андрюша еще болѣе того нерѣшительно.

Катя молча кивнула головой, а Иванъ, взглянувъ на Андрюшу и замѣтивъ его волненіе, спросилъ, почему онъ хочетъ, чтобы Катя вернулась скорѣе; Андрюша отвѣтилъ на вопросъ чистосердечно.

— Нехорошо держать въ такомъ безпорядкѣ книги, — отозвался тогда старикъ, — помочь тебѣ собрать ихъ я, пожалуй, возьмусь, если на это не придется потратить слишкомъ много времени, а ужъ что касается задачи, то при всемъ желаніи не въ силахъ, такъ какъ самъ въ этомъ дѣлѣ ничего не понимаю; когда я былъ въ такихъ годахъ, какъ теперь вы, насъ ничему не учили, не было ни сельскихъ школъ, ни учителей, ни учительницъ и читать-то кое-какъ по складамъ я умѣю, благодаря тому, что мой отецъ служилъ поваромъ при нашемъ баринѣ, и что старшій барченокъ меня почему-то полюбилъ, часто зазывалъ играть съ собою и въ видѣ забавы обучалъ немного русской грамотѣ.

— Ничего, дѣдушка, я успѣю во-время вернуться,.— отозвалась Катя,— успѣю сдѣлать все, что надо, и помогу Андрюшѣ въ его задачѣ.

Съ этими словами она принялась обѣдать наскоро; обѣдъ, конечно, не затянулся, такъ какъ состоялъ всего изъ двухъ, самыхъ простыхъ, незатѣйливыхъ блюдъ; мытье посуды тоже окончилось менѣе чѣмъ черезъ четверть часа, оставалось только переодѣться, что Катя всегда совершала быстро.

— Славная, хорошая, разумная у тебя сестричка,— сказалъ, дѣдушка, обращаясь къ Андрюшѣ, когда оба они увидѣли проходившую мимо ихъ окна и любезно раскланивающуюся имъ Катю, — ты до я ясенъ любить ее, беречь, и не только самъ лично ничѣмъ не огорчать, но и другимъ никому не позволять дѣлать этого.

Пока дѣдушка разсуждалъ подобнымъ образомъ, Катя была далеко; она съ нетерпѣніемъ ждала минуты свиданія съ Зиночкой, которую много кое-о-чемъ хотѣла поразспросить, да и сама имѣла сообщить ей тоже не мало. Зиночка ждала ее около окна и, завидѣвъ издали, такъ обрадовалась, что хотѣла бѣжать на встрѣчу, но въ виду холодной погоды Анна Петровна не позволила ей сдѣлать этого; пришлось терпѣливо ждать, пока Катя войдетъ въ комнаты, послѣ чего маленькія пріятельницы съ такою радостью бросились другъ къ другу на шею, что, глядя на нихъ, можно было подумать, что онѣ не видались по крайней мѣрѣ полгода; затѣмъ, когда первый порывъ радости поулегся, начались разговоры; опросамъ и разсказамъ не было конца, иногда онѣ говорили обѣ въ одинъ голосъ.

— Да которая же изъ васъ слушаетъ?— шутя, обратилась къ нимъ Анна Петровна.

Дѣвочки въ отвѣтъ ей громко расхохотались и заговорили снова съ еще большимъ оживленіемъ.

— Бабушка обѣщала выучить тебя кружева вязать,— сказала Зиночка, когда онѣ наконецъ сообщили другъ другу всѣ новости, которыя накопились у нихъ за то время, пока онѣ не могли видѣться.

— Ахъ, это было мое давнишнее желаніе, — отвѣчала Катя.

— Вотъ и прекрасно; идемъ сейчасъ же брать первый урокъ, бабушка свободна и давно уже приготовила для этого дѣла тамбурный крючекъ и нитки.

Катя, весело подпрыгивая на одной ножкѣ, точно маленькая, послѣдовала за Зиночкой въ кабинетъ Анны Петровны, но тутъ ей вдругъ пришелъ на память Андрюша и всѣ домашнія дѣла.

— Я не могу сегодня заниматься вязаньемъ, — сказала она, внезапно остановившись.

— Почему?

Катя въ короткихъ словахъ объяснила причину, по которой должна была скорѣе воротиться.

Тогда Зиночка не стала ее удерживать, но взяла слово прійти завтра непремѣнно.

— Конечно приду, милая барышня, въ этомъ вы можете быть увѣрены, мнѣ самой очень, очень хочется научиться вязать кружева, — отвѣчала Катя и, распростившись съ Зиночкой, поспѣшно побѣжала домой.

Когда она спустилась съ горы и завернула за уголъ, то вдругъ лицомъ къ лицу столкнулась съ одною изъ своихъ школьныхъ товарокъ, которая бережно держала въ рукахъ небольшую картонку. Узнавъ Катю, она ей поклонилась. Катя отвѣтила на поклонъ и хотѣла пройти впередъ своей дорогой, но дѣвочка остановила ее.

— Будь добра, подержи мою картонку, я достану изъ кармана теплыя перчатки, руки озябли точно зимою, — сказала дѣвочка, протянувъ къ ней картонку.

Катя повиновалась, и пока дѣвочка надѣвала теплыя перчатки, спросила ее, что находится въ картонкѣ.

— Приподыми крышку, увидишь — я тебѣ это разрѣшаю.

Катя подняла крышку и увидѣла нѣсколько мелкихъ вещицъ, склеенныхъ изъ разноцвѣтной бумаги.

— Гдѣ ты это купила? — спросила она любуясь.

— Не купила, а продавать несу въ городъ.

— Продавать? да откуда ты сама-то взяла все это?

— Я давно уже занимаюсь выдѣлываніемъ такихъ штучекъ, меня научилъ этому мой старшій братъ, который работаетъ въ картонажномъ заведеніи въ Петербургѣ.

— Прелестныя вещички! — продолжала Катя, разглядывая каждую штучку по очереди. — И охотно ихъ раскупаютъ?

— Какъ тебѣ сказать, въ обыкновенное время не особенно, но передъ Рождествомъ бываетъ такой большой спросъ, что я едва успѣваю выполнять заказы и выручаю очень много.

— Ихъ, конечно, покупаютъ для украшенія елокъ?

— Да.

— Но матеріалъ тебѣ, вѣроятно, стоитъ дорого?

Дѣвочка засмѣялась.

— Матеріалъ стоитъ такъ дешево, что трудно представить,— возразила она, взявъ картонку обратно,— онъ весь состоитъ изъ картона, разноцвѣтной бумаги, да вишневаго клея, а работа какая веселая, какъ начнешь, такъ просто кончать не хочется.

— И не трудная?

— Нисколько. Хочешь, я когда-нибудь приду поучить тебя?

— Ахъ, пожалуйста, не столько меня, сколько моего брата Андрюшу, онъ, навѣрное, будетъ очень радъ если пойметъ и научится; мнѣ же едва-ли хватитъ времени, я должна дѣлать много работы по дому.

— Да, ты вѣдь, говорятъ, у столяра Ивана теперь за хозяйку.

Катя самодовольно улыбнулась.

— Кромѣ меня некому, — сказала она, скромно опустивъ глаза:— Мироновна стара, ее все утомляетъ, да и кромѣ нашего дѣла у нея есть еще много посторонняго.

— Ты спроси своего брата, если онъ хочетъ научиться и если вашъ дѣдушка позволитъ, то я буду по вечерамъ приходить къ вамъ съ работою, мнѣ вѣдь все равно гдѣ не сидѣть, съ вами-то еще веселѣе, да не забудь прибавить, что учиться надо именно теперь, чтобы успѣть кое-что сбыть передъ Рождествомъ; я ручаюсь, что если онъ начнетъ свою торговлю на дняхъ, то къ празднику навѣрное выручитъ рубля два, коли не больше. А пока прощай!

И Наташа, такъ звали дѣвочку, привѣтливо кивнувъ головой Катѣ, въ одинъ мигъ скрылась изъ виду.

Катя минутъ пять молча простояла на мѣстѣ; неожиданная встрѣча съ продавщицею елочныхъ украшеній навела ее на мысль, что Андрюша подобнымъ же способомъ могъ бы заработать деньги на покупку коньковъ, имѣть которые ему такъ хотѣлось...

— Этотъ способъ въ тысячу разъ лучше того, который предлагалъ Гриша, — громко проговорила Катя, и какъ бы желая скорѣе сообщить обо всемъ дома, пустилась чуть не бѣгомъ къ избушкѣ дѣдушки.

"А деньги? Гдѣ взять ихъ, чтобы купить картонъ, цвѣтную бумагу и клей?— подумала она, невольно замедляя шагъ:— какъ бы дешево все это ни стоило — безъ денегъ все-таки ничего не получишь".

И снова въ маленькой головкѣ сестрички Кати закопошились прежнія невеселыя, тревожныя думы, о которыхъ большинство другихъ дѣвочекъ ея лѣтъ, жившихъ безбѣдно у родителей, не имѣли даже понятія.

Подъ вліяніемъ такихъ тяжелыхъ думъ она подвигалась впередъ медленно, шагъ за шагомъ, при чемъ даже позабыла, что дома ее ожидаетъ спѣшная работа.

— Какъ было бы хорошо, если бы Андрюша могъ научиться клеить картонныя бездѣлушки, а я — вязать кружева, съ тѣмъ, чтобы потомъ продавать то и другое въ городѣ; онъ купилъ бы коньки, а я?.. я?.. мнѣ ничего не надобно, я всѣ вырученныя деньги отдавала бы дѣдушкѣ, впрочемъ, нѣтъ... часть изъ нихъ отложила бы въ сторону для того, чтобы купить разнаго лакомства и игрушекъ для Маши и для Мити... Ахъ, какъ все это было бы хорошо... Попросить развѣ у дѣдушки немного денегъ на закупку необходимаго матеріала, вѣдь маленькая продавщица елочныхъ украшеній сказала, что тутъ нужны одни гроши. Да... но дѣдушка не богатъ, каждый грошъ для него имѣетъ значеніе... Хорошо еще, если изъ всего этого выйдетъ толкъ и работа окупится, а если нѣтъ?..

Продолжая разсуждать подобнымъ образомъ, дѣвочка, наконецъ, подошла къ самой деревнѣ и только тутъ вспомнила, что она замѣшкала своимъ возвращеніемъ, увлекаясь сначала разговорами съ маленькою продавщицею елочныхъ украшеній, а затѣмъ собственными думами; она ускорила шаги, съ разсчетомъ хотя нѣсколько наверстать потерянное время, какъ вдругъ почувствовала, что наступила на что-то твердое, нагнулась и увидала лежащую на дорогѣ довольно большую серебряную монету.

Въ одинъ мигъ схватила она ее своею окоченѣлою отъ холода рукою, зажала въ кулачокъ, и словно боясь, чтобы кто не отнялъ, поспѣшно побѣжала впередъ. Вихремъ ворвалась она въ избушку, такъ что не только младшія дѣтки и Андрюша въ первую минуту вздрогнули отъ неожиданности, но даже самъ дѣдушка, работавшій тутъ же на столярномъ станкѣ, опустилъ руки и встрепенулся.

— Что случилось? — спросилъ онъ тревожно.

Катя улыбнулась и сейчасъ же поспѣшила успокоить, сказавъ, что у нея на душѣ такъ весело, такъ весело, какъ давно не бывало.

— Потому-то ты вѣрно и замѣшкала, — съ упрекомъ замѣтилъ Андрюша.

Катя обняла его обѣими руками, поцѣловала въ голову и прошептала такъ тихо, что онъ едва могъ разслышать: — Мы сейчасъ примемся за работу, я не лягу спать до тѣхъ поръ, пока она не будетъ окончена...

— Но прежде ты должна разсказать мнѣ все случившееся; а что-то случилось, это я вижу по твоему лицу.

— Голубчикъ, я бы очень охотно пополнила твое желаніе, мнѣ самой хочется поговорить и съ тобой и съ дѣдушкой о многомъ, но надо прежде сдѣлать дѣло.

— Конечно, — согласился дѣдушка, — который явственно слышалъ весь разговоръ, несмотря на то, что онъ попрежнему продолжался вполголоса.

Сейчасъ же была зажжена лампа, старикъ и четверо внучатъ его присѣли къ столу; изорванная книга Андрюши лежала тутъ же съ подложенными въ порядокъ листами, среди которыхъ, вѣроятно, нѣкоторыя странички оказались совершенно уничтоженными, вслѣдствіе чего исполнить задачу какъ слѣдуетъ было чрезвычайно трудно.

— Я принесу мой задачникъ, — сказала тогда Катя, — въ немъ мы навѣрное найдемъ все, что надобно.

— Но вѣдь мнѣ придётся взять его съ собою въ школу,— отозвался Андрюша.

— Что же, бери.

— А сама-то ты какъ же, вѣдь у тебя завтра тоже ариѳметика.

Личико Кати на минуту приняло серьезное, какъ бы нѣсколько озабоченное выраженіе, но затѣмъ сейчасъ же снова оживилось; она начала поспѣшно перелистывать изорванную книгу и, благодаря счастливой случайности, нашла въ ней цѣлымъ то, что ей было надо лично для себя.

— Все уладилось какъ нельзя лучше!— воскликнула она весело, и общая работа закипѣла ключомъ.

Катя и Маша сидѣли почти неподвижно; мальчуганъ строилъ изъ картъ домики, а дѣвочка молча слѣдила за нимъ глазами, не сдувала ихъ, какъ иногда дѣлывала въ другое время, и только изрѣдка шепоткомъ перекидывалась какимъ-нибудь короткимъ замѣчаніемъ; какъ она, такъ и Митя Тоаtе были сильно заинтересованы тѣмъ, что скажетъ Катя, о чемъ будетъ говорить съ Андрюшей и даже съ дѣдушкой; послѣднее въ особенности интересовало ихъ. Вскорѣ задача Андрюши оказалась готовою.

— Ну, теперь надо скипятить молоко и уложить нашихъ карапузиковъ спать; свою задачу я успѣю сдѣлать послѣ,— сказала Катя, ласково взглянувъ на малютокъ.

— Какъ! Ты хочешь уложить насъ спать прежде, чѣмъ сказать все то, что съ тобою случилось?— вскричалъ Митя такимъ отчаяннымъ голосомъ, что присутствующіе невольно расхохотались.

— Я разскажу, пока ты будешь молоко пить,— отвѣчала Катя, и сейчасъ же, не теряя времени, сбѣгала въ чуланъ за молокомъ, которое затѣмъ поставила въ печку, гдѣ Андрюша, чтобы ускорить дѣло, успѣлъ въ ея отсутствіи развести огонь.

Съ величайшимъ любопытствомъ слушали трое дѣтокъ и Иванъ, что имъ разсказывала сестричка Катя; Андрюша въ особенности весь превратился въ слухъ; предлагаемый маленькою продавщицей елочныхъ украшеній способъ заработать деньги подавалъ большую надежду на возможность пріобрѣсти коньки, мысль о которыхъ не только не покидала его, а напротивъ, тревожила все больше и больше, по мѣрѣ того, какъ наступалъ холодъ и время приближалось къ морозамъ.

— Коньки!— невольно сорвалось у него съ языка, затѣмъ, какъ бы устыдившись этого сорвавшагося слова и невольно припомнивъ совѣтъ Гриши, онъ покраснѣлъ до корня волосъ, и чтобы скрыть свое смущеніе, сейчасъ же принялся убирать со стола раскиданныя тетрадки.

— Коньки?— повторилъ старикъ: — что ты хочешь сказать этимъ?

Андрюша растерялся, точно уличенный въ какой-нибудь шалости, но Катя — всегда милая, ласковая, хорошая Катя — поспѣшила его выручить.

— Погоди; коньки у тебя будутъ, слушай дальше, не прерывай,

иначе я перестану разсказывать, — сказала она полушутя, полусерьезно.

Мальчуганъ еще больше навострилъ уши.

Катя продолжала разсказывать, и когда рѣчь ея коснулась того, что отъ дѣдушки зависитъ разрѣшить Наташѣ приходить сюда по вечерамъ, давать уроки, то Андрюша пришелъ въ такой неописанный восторгъ, что соскочилъ съ мѣста и, обвивъ своими руками шею дѣдушки, принялся упрашивать его согласиться.

— Подожди же, подожди, еще не все! — вскричала Катя на этотъ разъ уже совершенно строго: — ты не хочешь дослушать до конца, а конецъ-то и есть самое главное.

— Какъ, развѣ не все, развѣ еще что-нибудь будетъ? — удивился мальчикъ.

Въ отвѣтъ на эти слова Катя, захлебываясь отъ волненія и отъ желанія скорѣе удовлетворить любопытство брата, вынула изъ кармана только-что найденную серебряную монету, торжественно выложила ее на столъ и въ самыхъ короткихъ словахъ досказала то, что намъ уже извѣстно, прибавивъ въ заключеніе, что когда Наташа, заручившись позволеніемъ дѣдушки, научитъ ихъ дѣлать бомбоньерки, то они на эту самую серебряную монету купятъ необходимый матеріалъ, и что послѣ этого вскорѣ у Андрюши навѣрное будутъ коньки, а у остальныхъ маленькихъ много разныхъ игрушекъ...

— Дѣдушка, позволь, позволь, вѣдь ты позволишь, да, не правда ли? — въ одинъ голосъ заговорили дѣти и принялись тормошить дѣдушку со всѣхъ сторонъ.

Дѣдушка, конечно, ничего не имѣлъ противъ.

— Я очень радъ, пускай маленькая продавщица елочныхъ украшеній приходитъ сюда хоть каждый вечеръ, мнѣ самому будетъ интересно посмотрѣть на ея работу. Но что касается найденнаго тобою полтинника, — добавилъ онъ, обратившись къ Катѣ, — то располагать имъ такъ, какъ ты придумала, нельзя.

Катя взглянула на дѣдушку съ удивленіемъ.

— Нельзя, — повторилъ онъ снова.

— Почему? — нерѣшительно спросила его дѣвочка.

— Потому что, можетъ быть, кто изъ нашихъ сосѣдей заявитъ о потерѣ полтинника и тебѣ придется возвратить его; — вѣдь утаить ты не захочешь?

— Конечно, — поспѣшила отвѣтить Катя, и за минуту передъ тѣмъ сіяющее личико ея сдѣлалось серьезно.

— Но этимъ ты не должна огорчаться, касатка, если полтинникъ пришлось бы возвратить, то на покупку перваго матеріала я дамъ съ большимъ удовольствіемъ, такая маленькая сумма не разоритъ меня.

И снова на бѣднаго дѣдушку посыпался цѣлый градъ поцѣлуевъ.

— Довольно, довольно, пожалѣйте старика, совсѣмъ затаскаете, — отшучивался онъ, стараясь освободиться отъ докучливыхъ объятій.

Но дѣтки не унимались; всеобщая радость и веселье долго царили въ домикѣ старика Ивана. Катѣ стоило большого труда уговорить Машу и Митю идти спать; на всѣ ея предложенія они только отвѣчали: "сейчасъ", и не двигаясь съ мѣста, съ большимъ оживленіемъ толковали о томъ, какъ у нихъ скоро будетъ очень и очень много различныхъ гостинцевъ.

— Если вы сейчасъ не уляжетесь, то я -не успѣю кончить мою задачу и завтра буду наказана, — сказала она, наконецъ, серьезно.

Эти слова магически подѣйствовали на малютокъ. Развѣ они

могли допустить, чтобы Катя за нихъ когда-нибудь была наказана? О, нѣтъ, нѣтъ, конечно. Никогда, ни въ какомъ случаѣ.

ГЛАВА X

СЧАСТЛИВАЯ ВСТРѢЧА

На слѣдующій день, согласно данному наканунѣ обѣщанію Зиночкѣ придти учиться вязать кружева, Катя попросила дѣдушку позволить ей прямо изъ школы отправиться къ Аннѣ Петровнѣ, такъ какъ позднѣе будетъ темно; дѣдушка позволилъ, Мироновна согласилась приготовить обѣдъ безъ ея помощи и позаботиться о дѣткахъ, слѣдовательно, Катя идти могла совершенно спокойно.

— А какъ же насчетъ той дѣвочки, которая будетъ учить насъ клеить коробки?— спросилъ Митя.

— Я увижу ее сегодня въ школѣ и скажу,— отвѣчала Катя.— Можетъ быть, она придетъ завтра. Митя успокоился.

— Будь умникъ, не шали,— продолжала Катя, собирая книги и надѣвая на себя верхнее платье.— И ты тоже,— кротко добавила она, обратившись къ Машутѣ,— не вздумай опять скатываться по стульямъ, какъ тогда въ грозу — помнишь?

— Что ты, Катя, какъ можно,— отвѣтила маленькая сестренка, замахавъ обѣими руками: — я какъ вспомню про ту игру, такъ мнѣ даже теперь становится страшно.

— То-то.

И Катя поспѣшно вышла на улицу; она видѣла по часамъ, что немного замѣшкалась, а потому шла торопливымъ шагомъ, благодаря чему въ школу не опоздала.

Во время первой перемѣны между двумя уроками она улучила

минутку подойти къ Наташѣ, чтобы попросить какъ можно скорѣе исполнить обѣщаніе — научить Андрюшу ея искусству, очень обрадовалась, когда Наташа сказала, что придетъ завтра, и въ свою очередь, въ знакъ признательности, предложила показать, какъ вязать тѣ самыя кружева, которымъ ее научитъ сегодня Анна Петровна. Наташа, конечно, была въ восхищеніи.

Выйдя изъ школы по окончаніи уроковъ, онѣ большую половину дороги сдѣлали вмѣстѣ, затѣмъ Наташа пошла прямо, а Катя свернула налѣво, по направленію къ дачѣ Анны Петровны; не успѣла она отойти и двухъ шаговъ, какъ ее обогнали два мальчика: одинъ изъ нихъ былъ Петя Рыковъ, а другого она не знала ни въ лицо, ни по имени; они шли медленно, шагъ за шагомъ и говорили такъ громко, что Катя волей-неволей слышала почти весь ихъ разговоръ, изъ котораго къ великому своему неудовольствію узнала, что собесѣдникъ Пети Рыкова былъ не кто иной, какъ тотъ самый злой, противный Гриша, который предложилъ ея брату переодѣться нищимъ и просить милостыню. Оказалось, что Гриша вернулся отъ дяди ранѣе, чѣмъ предполагалось, потому что дядя долженъ былъ уѣхать куда-то по дѣлу.

Эта неожиданная встрѣча непріятно подѣйствовала на Катю и вновь пробудила тревожное чувство за Андрея, она знала, что Андрей добрый, хорошій мальчикъ, но что сбить его съ толку ничего не стоитъ.

Встревоженная, съ озабоченнымъ лицомъ, вошла она въ комнату Зиночки, и несмотря на все стараніе скрыть свои чувства какъ передъ Зиночкой, такъ точно и передъ Анной Петровной, никакъ не могла совладать съ собою. Зиночка, впрочемъ, ничего не замѣтила, она никогда не отличалась наблюдательностью, но Анна Петровна сейчасъ же обратила вниманіе на то, что Катя сегодня разсѣянна, непонятлива, по нѣскольку разъ спрашиваетъ объ одномъ и томъ же, а потомъ сейчасъ забываетъ. Катя дѣйствительно находилась въ такомъ тревожномъ состояніи, которое трудно передать; ей уже представлялось, что Андрюша навѣрное ушелъ изъ дому переодѣваться въ рубище и по совѣту своего отвратительнаго товарища отправился на постыдный промыселъ.

— Катюша, ты сегодня невозможна; тебя что-нибудь сильно безпокоить, — сказала, наконецъ, Анна Петровна.

Эти неожиданныя слова заставили Катю вздохнуть, она подняла полные слезъ глаза на добрую старушку и не въ силахъ была ничего отвѣтить: лгать она не умѣла, а правду сказать ей не хотѣлось, потому что тогда пришлось бы обвинить Андрюшу, даже, можетъ быть, оклеветать его.

— Я догадываюсь: вѣроятно, уходя изъ дома, ты забыла или не успѣла сдѣлать все необходимое для малютокъ или для дѣдушки, и теперь это мучить тебя, — продолжала, между тѣмъ, Анна Петровна.— Сбѣгай домой, уладь что надобно и потомъ воротись снова, вѣдь избушка твоего дѣдушки такъ недалеко.

Катя ухватилась за эти слова, какъ утопающій за соломинку и сейчасъ же соскочила съ мѣста.

— Ты не надолго? Воротишься, да?— тревожно заговорила Зиночка.

— О, да, да, я ворочусь очень скоро, — и какъ бы боясь, что Зиночка начнетъ ее разспрашивать, зачѣмъ именно ей нужно домой, Катя въ одинъ мигъ выбѣжала на улицу.

Вихремъ понеслась она по направленію избушки дѣдушки, но нѣмъ ближе подходила, тѣмъ тревожнѣе начинало трепетать ея маленькое сердечко; какъ объяснить причину внезапнаго возвращенія домой на нѣсколько часовъ раньше, чѣмъ ее ожидаютъ? Какъ спросить про Андрюшу, если его нѣтъ дома и, наконецъ, какимъ словомъ выразить свое безпокойство по поводу задуманной имъ глупой штуки? Всѣ эти мысли неотвязно осаждали головку Кати. Подойдя къ двери, она остановилась, не рѣшаясь взяться за скобку, чтобы кто изъ домашнихъ не услыхалъ ее.

"Разъ, два, три, шагъ впередъ! шагъ назадъ! ружье вольно! На плечо!" — услыхала она совершенно ясно за дверью хорошо знакомый голосъ Андрюши, который забавлялся съ маленькимъ Митей, играя въ солдаты...

Катя вздохнула свободнѣе; точно гора съ плечъ у нея свалилась. "Значитъ, Андрюша не пошелъ, значитъ, она напрасно такъ дурно о немъ подумала"...— Въ другое время подобная дума навѣрное бы даже смутила ее, заставила раскаяться въ напрасномъ подозрѣнiи, но теперь она знала и чувствовала только одно: "Андрюша не пошелъ съ этимъ противнымъ мальчишкой... Андрюша не сдѣлалъ глупости. Андрюша не просилъ милостыни. "Милостыня" — страшно звучало это слово, какъ не подходило оно къ ея милому дорогому, хорошему Андрюшѣ"...

Быстро повернувъ назадъ и крадучись какъ кошка или преступникъ, настигнутый на мѣстѣ преступленiя, побѣжала Катя обратно къ дачѣ Анны Петровны и вошла въ комнату Зиночки съ веселой улыбкой. Но тутъ ей внезапно мелькнула новая тревожная мысль: "Не стала бы Зиночка или ея бабушка Анна Петровна разспрашивать, зачѣмъ я уходила? Тогда положенiе сдѣлается еще затруднительнѣе... Придется лгать или сознаться въ томъ, какъ жестоко оскорбила я Андрюшу моимъ подозрѣнiемъ". Но, по счастiю, ни Зиночка, ни Анна Петровна ничего не спросили.

Первый урокъ вязанья начался снова, Катя относилась къ нему съ большимъ вниманiемъ и выказала ту же самую способность, какъ при чинкѣ бѣлья, такъ что Анна Петровна осталась ею вполнѣ довольна.

Около шести часовъ вечера, когда въ избушкѣ столяра Ивана уже начиналось приготовленiе къ ужину, Анна Петровна объявила, что пора обѣдать. Катя хотѣла проститься, но она не пустила ее.

— Ты будешь съ нами обѣдать, — сказала Зиночка такимъ повелительнымъ голосомъ, что всякое возраженіе было немыслимо.

Катя повиновалась; обѣдъ прошелъ очень оживленно и весело, дѣвочки много смѣялись. Анна Петровна, знавшая множество забавныхъ анекдотовъ, разсказывала ихъ своимъ маленькимъ собесѣдницамъ. Послѣ обѣда подали фрукты и конфеты.

"Какъ бы охотно я снесла хотя немножко того и другого моимъ малюткамъ", — мысленно проговорила сама себѣ Катя. И что же? Не успѣла она это подумать, какъ словно въ отвѣтъ на ея мысль Анна Петровна приказа горничной подать корзиночку, положила въ нее нѣсколько штукъ сладкихъ яблоковъ, конфетъ, пряниковъ и, передавъ затѣмъ корзиночку Катѣ, просила отъ ея имени отнести дѣтямъ.

Катя съ благодарностью поцѣловала руку доброй старушки и поспѣшила домой, потому что на дворѣ уже начало смеркаться.

— Когда можешь, заходи, я покажу тебѣ еще новый узоръ, — проговорила вслѣдъ ей Анна Петровна.

— Заходи, заходи скорѣе, — добавила Зиночка.

— Благодарю, — повторила Катя, и чуть не бѣгомъ пустилась впередъ по дорогѣ.

На этотъ разъ она уже шла со спокойной душой, ничто ее не тревожило, ничто не пугало, ей хотѣлось какъ можно скорѣе увидать своихъ домашнихъ, застать маленькихъ еще не спящими, передать имъ гостинецъ и сообщить Андрюшѣ радостную вѣсть о томъ, что школьная подруга ея завтра же вечеромъ придетъ дать первый урокъ клейкѣ бонбоньерокъ.

ГЛАВА XI

ВЪ ТЕМНУЮ НОЧЬ

Нѣсколько дней спустя послѣ вышеописаннаго, Гриша, возвращаясь изъ школы домой, взялъ Андрюшу подъ-руку, и отойдя въ сторону, проговорилъ тихимъ, едва слышнымъ голосомъ:

— Ну, какъ ты думаешь насчетъ давишняго предположенія.

— Какого? — спросилъ Андрюша, не сообразивъ сразу о чемъ идетъ рѣчь.

— Какъ какого? Такого, чтобы раздобыть денегъ на покупку коньковъ; или у тебя пропала охота имѣть ихъ?

— Что? — коньки-то?

— Да.

— Напротивъ, чѣмъ холоднѣе становится на улицѣ, тѣмъ чаще я о нихъ думаю.

— Думать — мало, надо приступить къ дѣлу.

— А что ты скажешь, когда я скажу тебѣ, что къ дѣлу давно уже приступлено.

Гриша взглянулъ на своего собесѣдника съ насмѣшкой и даже какъ будто съ презрѣніемъ, стараясь этимъ показать, что онъ не допускаетъ возможности, чтобы какой-нибудь "карапузикъ", какъ онъ зачастую называлъ Андрюшу и всѣхъ своихъ остальныхъ товарищей по школѣ, могъ безъ его вмѣшательства привести въ исполненіе такое серьезное дѣло.

100

— Развѣ ты уже ходишь просить милостыню?— спросилъ онъ послѣ минутнаго молчанія.

Андрюша отрицательно покачалъ головою и въ самыхъ короткихъ словахъ передалъ ему, какимъ образомъ сестричка-Катя устроила дѣло такъ, что ему не надо просить милостыню съ рискомъ быть узнаннымъ кѣмъ-нибудь изъ знакомыхъ и потомъ поднятымъ на смѣхъ.

— Наша работа идеть успѣшно, мы уже смастерили нѣсколько бонбоньерокъ, и не далѣе какъ на будущей недѣлѣ понесемъ ихъ продавать въ городъ,— сказалъ Андрюша въ заключеніе.

Гриша громко расхохотался.

— Разсчитываешь на это выручить много денегъ, — отозвался онъ.— Скажите пожалуйста! Я считалъ тебя умнѣе... Подобнымъ глупостямъ могуть вѣрить только маленькія дѣвочки; мнѣ бы на твоемъ мѣстѣ даже было совѣстно заниматься такой работой; если про это узнають въ школѣ, то вся школа подыметь тебя на смѣхъ.

И какъ бы въ доказательство истины своихъ словъ, Гриша принялся хохотать громче прежняго.

— Что случилось, чего вы смѣетесь?— спросилъ одинъ изъ товарищей, подойдя ближе къ разговаривавшимъ.

Андрей молча взглянулъ на Гришу; въ глазахъ его выражалась мольба... онъ боялся, что Гриша на самомъ дѣлѣ представить его въ смѣшномъ видѣ и что тогда ему, какъ говорится, "житья" не будеть.

— А тебѣ какое дѣло, чего мы смѣемся, уходи, откуда пришелъ и не суйся, коли не спрашивають,— грубо оборвалъ Гриша любопытнаго товарища, который вмѣсто того, чтобы возразить, какъ-то съежился и покорно отошелъ прочь.

По росту Гриша былъ самымъ высокимъ и сильнымъ

ученикомъ въ школѣ, а потому всѣ остальные мальчики относились къ нему съ почтеніемъ, онъ зналъ, что ему ничего не стоитъ поколотить каждаго и что силы ихъ никогда не могутъ сравняться съ его силою.

— На первый разъ я смолчу о сказанной тобою сейчасъ глупости, — обратился онъ къ Андрюшѣ: — но если ты еще вздумаешь повторять ее, то ужъ извини.

Андрюша опустилъ глаза и ничего не отвѣчалъ.

— Часамъ къ шести, когда наступятъ сумерки, приходи къ оврагу, знаешь, что тамъ на концѣ нашей деревни, да захвати съ собою самую старую, рваную куртку, какая найдется дома, понимаешь?— продолжалъ Гриша.

— Понимаю...

— А теперь пока прощай, да помни, что если не явишься въ назначенный часъ, то я буду считать тебя трусомъ, и съ завтрашняго же дня начинаю представлять въ самомъ потѣшномъ видѣ передъ всѣми товарищами.

Андрюшѣ ничего не оставалось дѣлать больше, какъ повиноваться. Печально склонивъ голову, онъ направился къ дому. Разговоръ съ Гришей разбилъ его мечты, онъ не смѣлъ не вѣрить тому, что выручка отъ бонбоньерокъ будетъ самая ничтожная и что въ данномъ случаѣ надо или отказаться отъ коньковъ, или въ точности исполнять все, что приказывалъ Гриша.

Разставшись съ нимъ, онъ медленно, шагъ за шагомъ пошелъ домой, ему хотѣлось какъ можно позднѣе вернуться, чтобы имѣть меньше времени быть съ своими; онъ боялся проговориться и зналъ, что въ подобномъ случаѣ Катя непремѣнно станетъ отговаривать. Согласиться съ нею ему казалось немыслимо, а отказать тоже не легко, тѣмъ болѣе, что въ глубинѣ души онъ признавалъ бы ее вполнѣ правою.

Обѣдъ тянулся для него необыкновенно долго, онъ дѣлалъ надъ собою всевозможныя усилія, чтобы выглядѣть веселымъ, но непривычка притворяться сказывалась на каждомъ словѣ; Катя нѣсколько разъ смотрѣла въ его сторону украдкою; онъ подмѣтилъ ея взглядъ, и тогда ему становилось еще болѣе неловко. Но вотъ, наконецъ, всѣ вышли изъ-за стола; каждый принялся за свое дѣло; Андрюша мысленно молилъ Бога, чтобы ни дѣдушка, ни Катя не замѣтили того момента, когда онъ выйдетъ изъ дому.

Дѣдушка не стѣснялъ его свободы, разъ навсегда позволилъ отлучаться безъ спроса, но требовалъ только чтобы онъ возвращался во-время, не заставлялъ себя ждать и изрѣдка все-таки спрашивалъ, куда и зачѣмъ уходить, на что Андрюша всегда могъ отвѣтить съ полною откровенностью; то же самое было и по отношенію къ Катѣ.

Когда часовая стрѣлка показала безъ четверти шесть, то, по счастію, въ комнатѣ, гдѣ онъ занимался приготовленіемъ урока на завтрашній день, кромѣ Мити, не было никого. Поспѣшно, дрожащими руками отодвинулъ онъ тетрадь, чернильницу, отбросилъ въ сторону перо и, соскочивъ съ мѣста, началъ надѣвать на себя теплый кафтанчикъ.

— Гулять? — спросилъ его тогда Митя, знавши, что онъ иногда имѣлъ обыкновеніе прерывать занятія для того, чтобы немного пройтись.

— Гулять, — какъ бы нехотя повторилъ за нимъ Андрюша, и сейчасъ же никѣмъ больше не замѣченный вышелъ въ сѣни, откуда, прежде чѣмъ спуститься внизъ, тихонько, на цыпочкахъ, прошмыгнулъ въ чуланчикъ, гдѣ висѣла его старая протертая, съ порванными локтями куртка, которую онъ надѣвалъ только тогда, когда носилъ дрова и вообще занимался грязною работою.

Дрожа словно въ лихорадкѣ, скомкалъ онъ грязную куртку, положилъ ее подмышку и медленно вышелъ въ сѣни... Черезъ

103

тонкія бревенчатыя стѣны онъ явно слышалъ мелодичный голосокъ Кати, которая, прибравъ посуду, сидѣла за работой кружевъ и напѣвала пѣсенку; слышалъ старческое покашливаніе дѣдушки... слышалъ веселый взрывъ смѣха Машуты... Все это какъ-то странно сливалось въ одинъ общій гулъ, который становился въ то же время все неявственнѣе, по мѣрѣ того, какъ онъ самъ удалялся отъ дома; мысли его стали путаться, онъ шелъ впередъ по дорогѣ какою-то необычайною поступью, думая только о томъ, чтобы не запоздать на свиданіе съ Гришей и о томъ, насколько постыдно для него это свиданіе.

— Гулять? — раздалось вдругъ надъ самимъ его ухомъ.

Онъ поднялъ голову и, какъ говорится, носъ съ носомъ столкнулся съ Наташей.

— Гулять, — повторилъ онъ точно такъ же машинально, какъ тогда повторилъ за Митей.

— А я къ вамъ; мы пока будемъ клеить съ Катей, ты вѣдь навѣрно не замедлишь.

— О, да... да... конечно...

И бѣдный Андрюша, словно ужаленный, побѣжалъ впередъ еще скорѣе; какъ охотно вернулся бы онъ домой, чтобы сѣсть за интересную работу съ этой дѣвочкой и съ Катей, но ему вдругъ припомнились сказанныя утромъ слова Гриши: "Мнѣ на твоемъ мѣстѣ было бы совѣстно заниматься такимъ дѣломъ". — И какъ это, къ несчастью, всегда бываетъ, дурное чувство взяло верхъ надъ хорошимъ, онъ постарался отогнать прочь отъ. себя мысль о томъ, что дѣлается теперь въ избушкѣ дѣдушки и, всецѣло отдаваясь размышленіямъ о предстоящемъ трудномъ предпріятіи, незамѣтно добрался до того мѣста, гдѣ было назначено свиданіе съ Гришей, который нѣсколько минутъ спустя пришелъ туда же.

— Молодецъ, что явился; а я, по-правдѣ сказать, почти

наверное думалъ, что ты струсишь,— обратился онъ къ Андрюшѣ.

— Напрасно,— отозвался послѣдній, какъ бы обидѣвшись.

— Ну, ну, не горячись, не трать времени въ пустыхъ разговорахъ... Скажи лучше, куртку принесъ?

Андрюша молча подалъ куртку, которую Гриша началъ разглядывать съ величайшимъ вниманіемъ.

— Лучшаго и болѣе подходящаго костюма трудно найти... Ну же, приступай къ переодѣванью... Впрочемъ нѣтъ, подожди, прежде надо раскрасить лицо.— Съ этими словами онъ поспѣшно досталъ изъ кармана кусокъ жженой пробки, которою принялся чернить брови, щеки, носъ и подбородокъ товарища, причиняя ему при этомъ такую страшную боль, что бѣдняжка готовъ былъ расплакаться.

— Готово,— сказалъ, наконецъ, Гриша, — теперь не только никто не узнаетъ изъ сосѣдей, но даже самому дѣдушкѣ твоему не придетъ въ голову, что это его внукъ.

— Можно одѣваться?

— Нѣтъ, подожди еще немного, надо сбить волосы.

Андрюша снялъ шапку и съ покорностью подставилъ голову; началось причесываніе. Гриша, не стѣсняясь, царапалъ его гребенкою, вырывая цѣлыя пряди волосъ, но Андрюша не смѣлъ даже пошевелиться.

— Шапку дай сюда, а возьми вотъ этотъ картузъ, — продолжалъ онъ, надѣвая Андрюшѣ вывороченную на изнанку старую военную фуражку.

Андрюша безпрекословно повиновался,

— Какъ жаль, что ты не можешь видѣть себя въ зеркалѣ, совсѣмъ другой человѣкъ сталъ...

Андрюша хотѣлъ-было сказать, что это его нисколько не интересуетъ и что онъ вовсе не желаетъ видѣть себя въ зеркалѣ, но, конечно, удержался, зная, что Гриша на подобное замѣчаніе готовъ пустить въ дѣло кулаки, которыхъ всегда такъ боялись всѣ его школьные товарищи.

— Теперь приступай къ переодѣванью.

— Кафтанъ, кажется, снять придется, — нерѣшительно отвѣчалъ Андрюша.

— Конечно; куртка на него не влѣзетъ.

Андрюша принялся разстегивать кафтанъ, а Гриша дернулъ его за рукавъ; въ тотъ моментъ, какъ кафтанъ оказался уже почти снятымъ, изъ боковаго кармана вдругъ выпалъ перочинный ножикъ.

— Откуда у тебя такой красивый ножикъ?— спросилъ Гриша.

Андрюша въ короткихъ словахъ разсказалъ, какимъ образомъ сестричка Катя познакомилась съ бѣднымъ нѣмымъ дурачкомъ, надъ которомъ они всѣ когда-то издѣвались и который, зная его давнишнее желаніе имѣть перочинный ножикъ, просилъ Катю передать отъ него ему на память свой собственный.

— Сказки,— грубо возразилъ Гриша и расхохотался.

— Что ты хочешь сказать этимъ, я не понимаю...

— То, что, конечно, про знакомство твоей сестры съ дурачкомъ ты просто выдумалъ.

— Зачѣмъ?

— Да такъ, для краснаго словца, — выражаясь по просту — солгалъ.

— Солгалъ? Нѣтъ, Гриша, я никогда не лгу.

106

— Коли ты самъ не лжешь, то значитъ твоя сестра солгала тебѣ.

— Катя тѣмъ болѣе этого не сдѣлаетъ, она никогда никому не лгала въ своей жизни,— поспѣшно отвѣтилъ мальчикъ голосомъ, въ которомъ слышалось сильное раздраженіе.

Гриша не переставалъ смѣяться.

— Я увѣренъ, что всю эту исторію она выдумала для отвода глазъ, а ножикъ гдѣ-нибудь украла...

— Что ты сказалъ? что.... что? Или я не разслышалъ, или не понялъ... Повтори... повтори... прошу тебя,— продолжалъ Андрюша, возвышая голосъ.

Гриша взглянулъ на него удивленными глазами, онъ не привыкъ, чтобы товарищи говорили съ нимъ такъ, и потому смѣлость Андрюши показалась ему въ высшей степени поразительной.

— Я хочу сказать, что твоя сестра, вѣроятно, гдѣ-нибудь украла этотъ ножикъ...— отозвался Гриша, съ презрѣніемъ взглянувъ на своего собесѣдника.

Андрюша, вмѣсто отвѣта, сдѣлалъ рѣшительный шагъ впередъ, судорожно сжалъ кулаки и, очевидно, позабывъ о той страшной физической силѣ противника, которая заставляла трепетать весь классъ, рѣшилъ вступить съ нимъ въ борьбу.

— Какъ смѣешь ты взводить подобную клевету на мою Катю!— вскричалъ онъ такъ громко, что голосъ его раздался на все окружающее пространство.— Это можетъ сдѣлать только негодяй, который не понимаетъ, что значитъ позволить въ его присутствіи оскорблять близкихъ. Я исколочу тебя, убью до смерти, какъ самое послѣднее, негодное животное.

И бросившись на совершенно растерявшагося отъ такой неожиданности Гришу, Андрюша принялся изо всѣхъ силъ бить его кулаками. Лицо мальчика, разрисованное жженой пробкой и обезображенное взъерошенными волосами, исказилось отъ негодованія, онъ былъ страшенъ и совершено не походилъ на того добраго, ласковаго, отзывчиваго Андрюшу, какимъ привыкли видѣть его товарищи. Но если бы Гриша только захотѣлъ, то ни это негодованіе, ни этотъ свирѣпый видъ, конечно, не устрашили бы его; ему достаточно было одной рукой сдержать мальчугана, однимъ взмахомъ уложить его на землю, придавить какъ червяка... Но Гриша этого не сдѣлалъ; почему именно? — онъ самъ не могъ дать себѣ точнаго отвѣта. Слова: "это можетъ сдѣлать только негодяй, который не понимаетъ, что значитъ позволить въ его присутствіи оскорблять близкихъ", подѣйствовали на него какъ-то особенно и глубоко запали въ душу, пробудивъ въ ней новое, незнакомое до сихъ поръ еще чувство... У него никого не было близкихъ... Онъ былъ одинокъ... одинокъ чуть не съ колыбели, такъ какъ лишился матери нѣсколько дней послѣ своего рожденія, а отца черезъ мѣсяцъ. Если бы не добрые люди пріютили, да не обули, не одѣли и въ школу не опредѣлили, то быть бы ему такимъ же бездомнымъ дурачкомъ, какъ нѣмой Володя; но эти же добрые люди не умѣли или не хотѣли позаботиться о томъ, чтобы онъ самъ-то былъ добрымъ, не хватало у нихъ на это времени, вслѣдствіе чего Гриша сдѣлался уже большимъ мальчикомъ и все-таки не зналъ, что хорошо и что худо. Негодованіе товарища, вызванное тѣмъ, что онъ оскорбилъ его сестру, сразу, такъ сказать, отрезвило Гришу; онъ поставилъ себя на мѣсто Андрея и, взвѣсивъ основательно вопросъ, пришелъ къ твердому заключенію, что Андрюша поступилъ съ нимъ такъ, какъ слѣдовало.

Андрюша, между тѣмъ, успѣлъ нѣсколько успокоиться. Въ свою очередь пораженный сдержанностью Гриши и не зная, чему приписать ее, онъ остановился какъ вкопанный, въ вызывающей позѣ, готовый на бой при малѣйшемъ намекѣ, и не спускалъ глазъ съ противника; минутъ пять оба мальчика простояли неподвижно, глядя въ упоръ другъ на друга, затѣмъ молча обмѣнялись шапками и молча же разошлись въ разныя стороны.

Подойдя къ домику дѣдушки, Андрюша вспомнилъ про свой оригинальный костюмъ, про свою всклоченную голову и про свое разрисованное лицо.

"Хорошо, что по дорогѣ никто не встрѣтилъ, что бы обо мнѣ подумали?" — проговорилъ онъ мысленно, и прежде чѣмъ войти въ избушку, остановился около колодца, гдѣ черпали воду, чтобы хорошенько вымыться; тамъ же постарался, за неимѣніемъ гребенки, кое-какъ пальцами исправить прическу, снялъ съ себя дырявую куртку, и снова преобразившись изъ жалкаго оборвыша въ прежняго Андрюшу, уже почти совершенно покойно перешагнулъ порогъ дѣдушкиной избушки, гдѣ Катя, ея школьная подруга и двое младшихъ дѣтокъ сидѣли вокругъ стола и усердно занимались клейкою картонныхъ бездѣлушекъ.

— Вотъ и Андрюша,— проговорили они всѣ въ одинъ голосъ, затѣмъ каждый по очереди поспѣшилъ похвастать тѣмъ, что успѣлъ сдѣлать за время его отсутствія.

— Садись сюда, вотъ твое мѣсто,— сказалъ Митя, знакомъ руки пригласивъ его сѣсть рядомъ съ собою.

Андрюша поспѣшилъ исполнить желаніе малютки, и стараясь скрыть не совсѣмъ еще улегшееся въ немъ волненіе, тоже принялся за работу. Онъ былъ счастливъ тѣмъ, что задуманный планъ новаго способа добыванія денегъ не осуществился, и рѣшилъ лучше остаться безъ коньковъ, чѣмъ основа предпринимать что-либо подобное; вмѣстѣ съ тѣмъ онъ рѣшилъ навсегда прекратить всякое знакомство съ Гришей, продолжая негодовать на него въ душѣ за то страшное слово, которое онъ проговорилъ по поводу перочиннаго ножика.

ГЛАВА XII

НОВАЯ ЗАБАВА

Теплые лѣтніе дни давно миновали, наступила осень; выпалъ снѣгъ, начались морозы, уже не тѣ заморозки, что были раньше, а настоящіе зимніе морозы. Протекавшая за деревней, гдѣ жили наши маленькіе сиротки, рѣчка покрылась льдомъ, такимъ крѣпкимъ, что на немъ можно было ходить совершенно спокойно. Противъ школы, по приказанію учителя, расчистили довольно широкую площадку, и маленькіе школьники въ часы передышекъ бѣгали туда играть въ снѣжки и кататься на конькахъ.

Андрюша раза два-три тоже катался; собственныхъ коньковъ у него не было, но его выручилъ Петя Рыковъ; съ Гришей послѣ вышеописанной стычки онъ избѣгалъ говорить, да и Гриша, повидимому, тоже сторонился его, хотя при каждомъ удобномъ случаѣ старался въ разговорахъ съ прочими мальчиками разсказывать громко, такъ чтобы Андрюша слышалъ, о своихъ геройскихъ подвигахъ переодѣванія нищимъ и о попрошайничествѣ.

— Той другое, однако, начинаетъ надоѣдать мнѣ,— сказалъ онъ однажды во время перемѣны, когда образовавшаяся вокругъ него толпа товарищей, по обыкновенію, хотѣла послушать не скажетъ ли онъ чего новаго, интереснаго.

— Надоѣдать, потому что выручка уже больно мала,— продолжалъ Гриша,— слишкомъ много развелось у насъ въ деревнѣ нищихъ, стариковъ, калѣкъ, хромыхъ, убогихъ, все больше имъ подаютъ милостыню, а на другихъ вниманія обращаютъ мало; я придумалъ новую забаву, если она удастся, то навѣрное выйдетъ въ тысячу разъ выгоднѣе и интереснѣе....

— Въ чемъ же она будетъ заключаться?— спросилъ кто-то изъ толпы.

— Въ грабежѣ и разбоѣ, — торжественно отозвался Гриша, при чемъ гордо закинулъ голову назадъ и началъ съ любопытствомъ всматриваться въ лица своихъ слушателей, стараясь угадать по ихъ выраженію, какое дѣйствіе произвели эти два слова.

Большинство мальчиковъ, въ томъ числѣ, конечно, и Андрюша, смотрѣли на него почти съ ужасомъ и ничего не отвѣтили; нѣкоторые же, напротивъ, повторяли съ восторгомъ: "Въ грабежѣ и разбоѣ.... Ахъ, это должно быть очень интересно. Но какъ, какимъ именно образомъ надо приняться за дѣло?"

Гриша уже раскрылъ ротъ, чтобы дать по этому поводу надлежащія наставленія, какъ вдругъ раздался звонокъ, призывавшій всѣхъ въ классы.

— Какая досада!— воскликнулъ тогда Гриша.— Ну да, впрочемъ, бѣда невелика, можно поговорить объ этомъ во время слѣдующей перемѣны.

Заинтересованные предстоящимъ объясненіемъ игры въ разбойники, мальчуганы нехотя пошли въ школу; никогда еще урокъ не казался имъ такимъ скучнымъ, какъ на этотъ разъ; никогда не находили они, что учитель говоритъ такъ непонятно и несвязно, какъ теперь; они были разсѣяны, невнимательны, отвѣчали невпопадъ; учитель сердился, называлъ ихъ лѣнтяями, грозилъ переписать фамиліи и оставить безъ отпуска.

— Даже ты, Андрюша, одинъ изъ лучшихъ моихъ учениковъ, сегодня что-то разсѣянъ,— обратился онъ къ нашему маленькому герою, который, почувствовавъ на себѣ его взглядъ и одновременно съ тѣмъ взгляды всѣхъ присутствующихъ товарищей, страшно переконфузился.

Да, онъ дѣйствительно былъ разсѣянъ,— разсѣянъ такъ, какъ ему еще никогда не приходилось бывать ни на одномъ урокѣ, но разсѣянность эта вызывалась не тѣмъ, чѣмъ у остальныхъ учениковъ, которые жаждали скорѣе приступить къ покой интересной игрѣ; онъ же думалъ о ней со страхомъ и отвращеніемъ; относительно себя, конечно, Андрюша твердо рѣшилъ, что ни въ какомъ случаѣ не приметъ въ ней участія, но ему становилось совѣстно за всѣхъ своихъ товарищей и безгранично жаль Гришу, который не имѣлъ никого близкихъ, кто могъ бы ему растолковать насколько затѣваемая имъ штука не красива; онъ хотѣлъ даже подойти къ нему во время слѣдующей перемѣны, отозвать въ сторону... высказать все, что у него накопилось на душѣ... но на это надо было слишкомъ много рѣшимости, зная необузданный характеръ Гриши.

Вотъ наконецъ урокъ кончился. Учитель переложилъ гнѣвъ на милость, т.-е. не переписалъ фамиліи тѣхъ мальчиковъ, которые были разсѣяны, не наказалъ безъ отпуска, а ограничился только внушительною рѣчью, послѣ которой мальчуганы весело повскакали съ своихъ мѣстъ и наперегонку другъ передъ другомъ, съ громкимъ смѣхомъ снова побѣжали на расчищенную отъ снѣга площадку.

Андрюша отправился туда же, но такъ какъ онъ шелъ медленно, то подойдя къ Гришѣ, со всѣхъ сторонъ уже окруженному слушателями, онъ не могъ явственно разслышать о чемъ они говорили; до него долетали только обрывки словъ, но изъ этихъ обрывковъ Андрюша все-таки понялъ, что Гриша успѣлъ собрать нѣсколько мальчиковъ, готовыхъ подъ его предводительствомъ выйти въ сумерки на большую дорогу съ тѣмъ, чтобы броситься на перваго проѣзжаго и обобрать у него все, что окажется возможнымъ.

Нервная дрожь пробѣжала по тѣлу мальчика, онъ чувствовалъ, что больше не въ состояніи ничего сообразить.

"Надо разсказать обо всемъ Катѣ..." — мысленно проговорилъ онъ самъ себѣ, и эта мысль сразу успокоила его; ему казалось, что исповѣдь передъ дорогою сестричкою сейчасъ сниметь тотъ невидимый тяжелый камень, который такъ страшно... такъ больно давитъ ему сердце.

Слѣдующій урокъ былъ, по счастію, чистописаніе; отчетливо выводя на разлинованной бумагѣ буквы, Андрюша могъ свободно думать что угодно до тѣхъ поръ, пока наконецъ раздался звонокъ, и школьники стали посмѣнно расходиться по домамъ.

"Подойти развѣ къ Гришѣ да сказать ему, что онъ замышляетъ нехорошее дѣло",— подумалъ Андрюша, но затѣмъ рѣшилъ лучше во всякомъ случаѣ прежде переговорить съ Катей и поступить такъ, какъ она посовѣтуетъ...

Отдѣлившись отъ остальной компаніи, онъ пустился бѣгомъ по направленію къ дому; ему хотѣлось какъ можно скорѣе излить все, что накопилось на душѣ, поговорить съ Катей откровенно и узнать ея мнѣніе.

— Гдѣ Катя, позови ее сюда,— сказалъ онъ маленькой Машутѣ, войдя въ избушку.

— Кати нѣтъ дома; мы сегодня будемъ обѣдать безъ нея,— отозвалась Маша.

— Какъ нѣтъ дома?

— Да, за ней только-что приходила та маленькая дѣвочка, которая учитъ насъ клеить картонныя коробочки, и увезла съ собою въ городъ продавать ихъ.

— Ты что-нибудь путаешь, Маша; мы вмѣстѣ собирались въ городъ только послѣ завтра; сегодня же, вѣроятно, за Катей прислали отъ Анны Петровны...

— Я ничего не знаю, — отозвалась Маша недовольнымъ

тономъ и какъ бы обидѣвшись тѣмъ, что братъ сомнѣвается.—Если не вѣришь, спроси дѣдушку.

Андрюша молча снялъ съ себя верхнее платье, положилъ на мѣсто ранецъ съ книгами, ласково потрепалъ Машуту по плечу, словно прося не сердиться, и прошелъ въ сосѣднее помѣщеніе, гдѣ работалъ дѣдушка, чтобы навести нужныя справки.

Малютка была права. Дядя Наташи по непредвидѣннымъ обстоятельствамъ долженъ былъ отправиться въ городъ ранѣе назначеннаго срока, а потому и дѣвочкамъ пришлось ѣхать прежде, чѣмъ онѣ предполагали, такъ какъ другого случая въ ближайшемъ будущемъ пока не предвидѣлось, а заготовленный товаръ надо было спѣшить сбыть, чтобы, закупивъ новый матеріалъ, имѣть возможность исполнить къ предстоящему празднику Рождества Христова остальной заказъ.

"Значитъ, мнѣ сегодня не придется говорить съ Катей, — подумалъ Андрюша, — она, конечно, вернется очень поздно, до города не близко".

И печально склонивъ голову, мальчуганъ опять пошелъ къ Машѣ, которая смотрѣла на него торжествующими глазами.

"Развѣ не правда?" — говорили эти хорошенькіе, каріе глазки, но Андрюша не замѣтилъ ихъ выраженія, онъ слишкомъ былъ занятъ собственными, серьезно тревожившими его думами.

ГЛАВА XIII

РАЗБОЙНИКИ

Катя и маленькая подруга ея, закутавшись въ платки и плотно прижавшись другъ къ другу, сидѣли въ саняхъ на мягкомъ сидѣньѣ, устроенномъ изъ сѣна и прикрытомъ попоною. Тощая, косматая лошаденка нехотя тащила сани; примостившійся на облучкѣ крестьянинъ безпрестанно передергивалъ вожжи и замахивался кнутомъ, но лошаденка, очевидно привыкшая къ подобной ѣздѣ, казалось, не обращала никакого вниманія, и вмѣсто того, чтобы ускорить шагъ, только шевелила хвостомъ, да потряхивала гривою. Дорога шла ровная, безъ ухабовъ; дѣвочки были очень довольны путешествіемъ, онѣ неумолкаемо болтали, стараясь точнѣе высчитать барышъ отъ предстоящей продажи и затѣмъ рѣшить, сколько могутъ потратить изъ этого барыша и сколько должны привезти домой; дѣло, конечно, не обошлось безъ спора, но споръ, во всякомъ случаѣ, былъ не серьезный, кончился, благополучно и въ общемъ нисколько не испортилъ веселаго настроенія ни той, ни другой изъ спорящихъ.

Пріѣхавъ въ городъ, крестьянинъ остановился на постояломъ дворѣ у своего родственника, жена котораго первымъ дѣломъ позаботилась согрѣть его маленькихъ спутницъ горячимъ чаемъ, затѣмъ угостила сладкимъ пирогомъ и, купивъ нѣсколько бонбоньерокъ на елку для собственныхъ дѣтей, рассказала, какъ ближе пройти въ кондитерскую, куда онѣ намѣревались отнести остальныя.

Катѣ ни разу еще не приходилось бывать въ кондитерской, а потому ее интересовало тамъ все до мельчайшихъ

115

подробностей, начиная съ самой продавщицы и кончая послѣдними леденчиками, завернутыми въ цвѣтныя бумажки.

Подруга же, казалось, чувствовала себя тамъ какъ дома, ничему не удивлялась, ни на что особенно не смотрѣла и говорила съ продавщицей совершенно покойно. Продавщица принялась пересчитывать бонбоньерки; Наташа ей помогала, останавливала, если та въ чемъ ошибалась, затѣмъ ловко подвела итогъ, сколько приходилось получить денегъ.

— Это сестра твоя?— спросила продавщица, указывая на Катю.

— Нѣтъ, это моя школьная подруга; мы вмѣстѣ работаемъ, она сегодня въ первый разъ сдаетъ работу, и даже не свою, потому что въ клейкѣ коробочекъ мало принимаетъ участія, ей некогда... на ея попеченіи дѣдушка, цѣлый домъ, семья.

— Чья же тогда эта работа?— продолжала продавщица, съ вниманіемъ разглядывая каждую коробочку.

— Ея брата — Андрюши; онъ самъ не могъ пріѣхать сегодня, но это ничего не значатъ, вы можете точно такъ же покойно отдать деньги ей; они между собою очень дружны.

Продавщица ласково взглянула на Катю, выдала ей за бонбоньерки сколько слѣдовало, просила передать Андрюшѣ, чтобы онъ продолжалъ работу на будущее время, и подарила большой шоколадный пряникъ съ изображеніемъ пѣтуха.

Катя была совершенно счастлива. Заработанныхъ денегъ у нея оказалось гораздо больше, чѣмъ она разсчитывала дома; кромѣ того, еще въ барышахъ шоколадный пѣтухъ и заказъ на будущее время; послѣдній ее особенно радовалъ, такъ какъ Андрюша иногда высказывалъ свое опасеніе по поводу того, угодить ли онъ продавщицѣ коробочками, не забракуетъ ли она ихъ и пожелаетъ ли заказать новыя.

Съ сіяющимъ личикомъ вышла она изъ кондитерской,

бережно держа обѣими руками обернутаго въ бумагу шоколаднаго пѣтуха, который рѣшила подарить Машѣ.

— Если я ничего не привезу Митѣ, то это огорчитъ его,— сказала она подругѣ.

— Но можешь ли ты распоряжаться деньгами безъ вѣдома Андрюши?

— О, конечно.

— Впрочемъ, вѣдь ты тогда нашла деньги на дорогѣ и матеріалъ купленъ на нихъ.

— Не въ, томъ дѣло... у насъ все считается общимъ... Мы съ Андрюшей давно уже рѣшили, какъ распорядиться вырученными отъ продажи картонныхъ коробочекъ деньгами: онъ ли, я ли это сдѣлаю — безразлично; если я везу ему счетъ, то только для того, чтобы онъ имѣлъ возможность разсчитать и сообразить, сколько мы будемъ получать на будущее время... Андрюша первый бы на меня разсердился, еслибъ я ничего не привезла дѣтямъ и дѣдушкѣ; онъ еще, кромѣ того, настаивалъ, чтобы я и себѣ купила, что вздумаю, но мнѣ ничего не надобно.

— Что же ты думаешь купить дѣдушкѣ?

— Андрюша совѣтовалъ купить ему небольшую трубку для куренья и пачку табаку; ты знаешь, гдѣ можно достать то и другое?

— Знаю.

— Митѣ я хочу тоже привести шоколадный пряникъ, иначе онъ начнетъ ссориться съ Машей и непремѣнно скажетъ, что его обидѣли... Старой Мироновнѣ тоже надо захватить что-нибудь...

— Хорошо, пойдемъ вмѣстѣ по лавкамъ, я расположеніе города знаю превосходно и приведу тебя прямо туда, гдѣ можно найти все лучше и дешевле.

117

— Охотно купила бы какую-нибудь бездѣлицу самому Андрюшѣ, да боюсь — разсердится, такъ какъ это не входило въ наши разсчеты.

 Разсуждая подобнымъ образомъ, маленькія пріятельницы незамѣтно подвигались впередъ, заворачивали изъ улицы въ улицу, отыскивая тѣ магазины, которые имъ было надобно, и сдѣлали покупки. Когда онѣ вернулись на постоялый дворъ, то родственница дяди Наташи опять стала угощать ихъ разными разностями и очень уговаривала остаться переночевать, въ виду того, что все небо заволоклось тучами и ночь обѣщала быть темною; но дядя не соглашался.

— Пустяки, — сказалъ онъ, — переѣздъ не такой большой, всего пятнадцать верстъ, доберемся, дастъ Богъ, благополучно.

 Очутившись опять въ саняхъ, дѣвочки сначала чувствовали себя легко и пріятно, но затѣмъ, по мѣрѣ того, какъ снѣгъ, поваливъ густыми хлопьями, залѣплялъ имъ глаза и, сопровождаемый сильнымъ порывомъ вѣтра, съ какимъ-то завываніемъ крутился въ воздухѣ, — имъ вдругъ сдѣлалось страшно, онѣ прижались другъ къ другу еще тѣснѣе и уже не болтали такъ весело, какъ раньше, ѣхавши въ городъ, а тихо перешептывались.

— Что, если мы заблудимся? — замѣтила Катя.

— Заблудиться ничего, это еще полъ-бѣды, — отозвалась подруга, — а вотъ какъ волки на насъ нападутъ или разбойники, тогда плохо.

— Развѣ волки здѣсь водятся?

— Зимою, сколько угодно.

— Но, говорятъ, они людей боятся.

— Напротивъ, они до того бываютъ смѣлы, что иногда приходятъ въ деревню, да еще не по одному, а цѣлыми стаями.

Сердце Кати забилось тревожно.

— А разбойники тоже водятся?— продолжала она такъ тихо, что ее съ трудомъ можно было разслышать.

— Не знаю, думаю, что водятся; лѣса здѣсь густые, обширные, скрываться удобно; помнишь, мы не очень давно читали сказку, гдѣ такъ страшно описывается жилище разбойниковъ... Постой, постой... еще оно называется какъ-то особенно, позабыла...

— Притонъ,— подсказала Катя.

— Ахъ да, притонъ... они живутъ въ притонѣ, подъ начальствомъ одного изъ старшихъ, который называется атаманомъ; въ этотъ притонъ они таскаютъ свою добычу, дѣлятъ поровну... а если имъ случится во время грабежа убить человѣка, то и его туда же тащатъ.

— Но вѣдь это все мы вычитали въ сказкѣ, Наташа, на самомъ дѣлѣ пока здѣсь не случалось ничего подобнаго.

— Не случалось, а случиться можетъ, особенно въ такую бурную ночь, какъ сегодня.

Дѣвочка замолчала; ночь дѣйствительно выдалась необыкновенно бурная. Примостившійся на облучкѣ крестьянинъ высоко поднялъ воротникъ своего тулупа, закрывъ имъ все лицо, за исключеніемъ, конечно, глазъ, чтобы можно было видѣть, куда направлять лошадь.

— Ну, теперь, слава Богу, добрались,— пробормоталъ онъ, заворачивая вправо отъ опушки лѣса, за которымъ сейчасъ же начиналась деревня.— Вотъ и огоньки видны.

— Что ты, дяденька, говоришь?— переспросила. Наташа.

Крестьянинъ повторилъ свои слова; маленькія спутницы его вздохнули свободнѣе; онѣ перестали бояться нападенія волковъ и разбойниковъ, и несмотря на непогоду, даже откинули большіе платки, которыми были закутаны; но въ эту самую минуту, къ крайнему ихъ изумленію, вдругъ случилось что-то особенное: косматая лошаденка сначала зафыркала, потомъ кинулась въ одну сторону, затѣмъ въ другую, затѣмъ встала на дыбы; крестьянинъ встрепенулся и поспѣшилъ отогнуть воротникъ, чтобы лучше видѣть. Сани оказались со всѣхъ сторонъ окруженными толпою какихъ-то мальчиковъ; каждый изъ нихъ держалъ въ рукѣ длинную палку и, широко размахивая ею въ воздухѣ, колотилъ лошадь и сѣдоковъ куда попало.

Дѣвочки отъ страха и отъ боли подняли крикъ на всю деревню; крестьянинъ въ первую минуту тоже нѣсколько струхнулъ, но затѣмъ, сейчасъ же оправившись, началъ обороняться.

— Господи! Да вѣдь это наши деревенскіе мальчишки! — вскричалъ онъ. — Вотъ какую глупую шутку выдумали! Поймать бы мнѣ хоть одного, я бы тогда по-своему расправился.; — Перестань плакать, не кричи, — обратился онъ къ несчастной Катѣ, которая не переставала стонать и плакать въ то время, какъ ея подруга, забившись подъ сидѣнье, лежала неподвижно.

Читатель, конечно, догадывается, что окружавшая нашихъ путниковъ толпа состояла изъ тѣхъ самыхъ мальчиковъ, которыхъ Гриша утромъ подговаривалъ играть въ разбойники, и что во главѣ ихъ находился онъ самъ. Замѣтивъ, что нападеніе было сдѣлано на своего же сосѣда-крестьянина, который узналъ ихъ, они поспѣшили разбѣжаться, вмѣстѣ съ ними убѣжалъ и Гриша. Никогда еще не находился мальчикъ въ такомъ возбужденномъ состояніи, какъ въ данную минуту, онъ чувствовалъ, что его точно что-то давить, что ему страшно и стыдно и гадко на самого себя за только-что совершонный поступокъ. Онъ ясно понималъ, что сознаніе это было вызвано тѣмъ, что по какой-то несчастной случайности ему пришлось наткнуться именно на Катю, а не на кого другого, — на ту самую

Катю, которую онъ хотя заочно, но разъ уже оскорбилъ постыднымъ словомъ, за которую позволилъ одному изъ карапузиковъ исколотить себя и съ именемъ которой было связано то хорошее, никогда еще неизвѣданное имъ чувство, которое онъ тогда пережилъ. "Сестричка Катя", — такъ звали ее всѣ знакомые, — пользовалась хорошей славой, она умѣла угодить каждому, умѣла каждаго обласкать, ободрить, успокоить... Вотъ нѣмого Володю-дурачка кто пристроилъ, какъ не она черезъ своего дѣдушку; теперь онъ, говорятъ, пишетъ ей письма, полныя благодарности, молится за нее... благословляетъ... А она изъ скромности не только сама про это никому не разсказываетъ, но и другимъ разсказывать запрещаетъ. Все это еще такъ недавно казалось Гришѣ смѣшнымъ и глупымъ; онъ грубо относился ко всему подобному, теперь же, наоборотъ, кажется, не желалъ ничего больше, какъ ближе сойтись съ такими людьми, какъ Катя, сойтись для того, чтобы они научили его тоже быть добрымъ, хорошимъ, ласковымъ... помогли ему, наконецъ, исправиться, растолковали, что можно дѣлать, чего нельзя, что хорошо и что худо.

Пока онъ такимъ образомъ мысленно разсуждалъ о Катѣ, послѣдняя ѣхала домой сильно взволнованная; причиненная ударами палки боль головы и плечъ безпокоила ее, но еще болѣе того ее безпокоила мысль, не находился ли среди толпы напавшихъ на нихъ мальчиковъ ея Андрюша...

— Погодите, пострѣлята, задамъ я вамъ завтра, благо хоть одного узналъ, уже и этого достаточно, — повторялъ, между тѣмъ, разсерженный крестьянинъ.

— А кого изъ нихъ ты узналъ? — спросила Катя съ замирающимъ сердцемъ.

— Извѣстно кого! — главнаго зачинщика всѣхъ глупыхъ шутокъ, Гришутку.

— А другихъ?

— Другихъ не успѣлъ хорошо разсмотрѣть... кажется, Ваню Никифорова видѣлъ, потомъ Петрушу... Чего ты?— вдругъ оборвалъ свою рѣчь крестьянинъ, замѣтивъ, что его маленькая племянница выкарабкалась уже изъ своей засады и громко всхлипываетъ.— Или тоже помяли палками?

— Нѣтъ, дядя, хуже, гораздо хуже!— воскликнула дѣвочка, заливаясь горючими слезами.

— Что случилось, что? говори скорѣе!— умоляла Катя.

Но слезы до того душили дѣвочку, что она при всемъ желаніи долго еще не могла совладать съ собою настолько, чтобы отвѣтить, и только тогда, когда сани, наконецъ, остановились около избушки столяра Ивана, проговорила упавшимъ, едва слышнымъ голосомъ:

— Противные мальчишки вытащили наши покупки и вмѣстѣ съ ними весь матеріалъ для будущей работы.

— Господи, какое несчастіе!— воскликнула Еатя, и тоже горько расплакалась.

— Перестаньте. Вы перепугаете домашнихъ, — старался уговорить ихъ крестьянинъ; но дѣвочки не унимались.

Старикъ Иванъ, сидѣвшій у окна, дѣйствительно даже вздрогнулъ, услыхавъ знакомые голоса и стоны; полагая, что ему, быть можетъ, померещилось, онъ подозвалъ Андрюшу, но Андрюша давно уже выбѣжалъ изъ избушки, такъ какъ тоже услыхалъ голосъ Кати.

— Что случилось, что случилось?— дрожащимъ голосомъ повторялъ старикъ, выйдя на крыльцо безъ верхней одежды и безъ шапки.

Катя, Наташа и крестьянинъ, всѣ сразу принялись разсказывать о томъ, какъ были напуганы неожиданнымъ нападеніемъ мальчиковъ, которые, къ довершенію всего, еще похитили у нихъ всѣ покупки. Иванъ и Андрюша едва могли понять въ чемъ дѣло, а когда, наконецъ, для нихъ все стало ясно, то пришли положительно въ негодованіе, въ особенности Андрюша; онъ хотѣлъ сейчасъ же, сію минуту бѣжать туда, гдѣ жилъ Гриша, разсказать обо всемъ его домашнимъ и настоятельно требовать, чтобы его наказали какъ можно строже, но Катя противъ этого возстала и успѣла хотя немного успокоить брата, стараясь скрыть боль въ головѣ и плечахъ, которую ей причинили палочные удары.

Младшія дѣти спали, когда она, наконецъ, разставшись съ своими спутниками, вошла въ избушку.

— Слава Богу, что ни Маша, ни Митя не узнаютъ сегодня о томъ, что они *лишились гостинцевъ*, иначе они, пожалуй, проплакали бы всю ночь и не дали бы мнѣ покоя,— сказала Катя, присѣвъ къ столу, чтобы достать запрятанныя на груди деньги и передать ихъ Андрюшѣ.— Слава Богу также, что до денегъ не добрались.

— Нѣтъ, Катя, мнѣ было бы легче, еслибъ они до денегъ добрались, чѣмъ до тебя; скажи, ради Бога, не попали ли на твою долю удары палками, не ушибли ли тебя эти негодяи?

— Нисколько, Андрюша, увѣряю тебя...— возразила дѣвочка.

— А о чемъ же ты такъ громко кричала и плакала?

— Я испугалась...

— Во всякомъ случаѣ, дѣло такъ оставить нельзя,— вмѣшался дѣдушка:— безобразныя шалости Гриши доходятъ до невозможности, онъ портитъ и другихъ дѣтей своимъ примѣромъ... Я завтра же поговорю объ этомъ съ кѣмъ слѣдуетъ и постараюсь устроить такъ, чтобы его выселили изъ нашей деревни.

— Дѣдушка, прошу тебя, не дѣлай этого!— умоляла Катя:— я не хочу, чтобы онъ пострадалъ изъ-за меня.

Но дѣдушка ничего не отвѣтилъ и сначала круто повернулъ разговоръ на другой предметъ, а затѣмъ приказалъ дѣтямъ расходиться спать.

Съ тяжелымъ сердцемъ пошла Катя въ свою каморочку; она больше уже не думала о физической боли, ее только страшно мучила мысль, что ради нея Гришу вышлютъ изъ деревни; она слышала какъ-то разъ, что Гриша тоже сирота, что его пріютилъ какой-то крестьянинъ, что всѣ прочіе мужики сложились вмѣстѣ и общими средствами платятъ за него въ школу... Доля, значитъ, не завидная.

Вмѣсто того, чтобы раздѣться и лечь въ постель, какъ приказалъ дѣдушка, Катя присѣла къ окну и, закрывъ обѣими руками свое взволнованное личико, глубоко задумалась... Въ комнаткѣ была полная тишина, нарушаемая только изрѣдка порывистымъ свистомъ вѣтра на улицѣ, да едва слышнымъ дыханіемъ малютки Машуты, которая, раскидавшись на постели, спала совершенно покойно.

Долго сидѣла Катя въ одномъ и томъ же положеніи, не двигаясь съ мѣста, не шевелясь... Легко можетъ быть, что она просидѣла бы подобнымъ образомъ до самаго разсвѣта, еслибъ вдругъ не услыхала, что кто-то подходитъ къ двери и тихо-тихо зоветъ ее по имени.

— Кто тамъ?— такъ же тихо отвѣтила она, отойдя отъ окна и осторожно открывая дверь, на порогѣ которой, къ крайнему своему изумленію, при свѣтѣ горѣвшей въ комнатѣ лампады увидала Андрюшу и Гришу; послѣдній держалъ въ рукахъ хорошо знакомые ей свертки, заключавшіе въ себѣ гостинцы и матеріалъ для заготовки новыхъ заказанныхъ бонбоньерокъ. Гриша казался сильно взволнованъ, по щекамъ его катились слезы, онъ дрожащими руками передалъ Катѣ свертки и заговорилъ нерѣшительно:

— Завтра меня навѣрно строго накажутъ и захотятъ выслать въ какую-нибудь чужую деревню... Я не хочу такого срама, лучше

124

самъ сегодня убѣгу въ лѣсъ... Смерти не боюсь... ну, замерзну, такъ замерзну, сдѣлаюсь жертвою волковъ, туда и дорога... Но прежде, во всякомъ случаѣ, возвращаю вамъ вашу собственность, чужое, говорятъ, брать грѣшно и стыдно... Вчера еще во время закона Божія священникъ толковалъ намъ это въ классѣ, и хотя я слушалъ его разсѣянно, думалъ совсѣмъ о другомъ, но эти слова мнѣ почему-то припомнились именно теперь и не давали покоя, такъ что я рѣшилъ сію же минуту придти сюда и разбудить Андрюшу, а Андрюша привелъ меня къ тебѣ.

Катя стояла пораженная и не могла понять, сонъ ли она видитъ или все это дѣйствительность.

— Прощайте...— прошепталъ Гриша, одновременно пожавъ руки сестры и брата, и уже сдѣлалъ шагъ къ двери, чтобы уходить, но Катя удержала его.

— Ты серьезно рѣшилъ бѣжать въ лѣсъ?— спросила она.

Мальчикъ утвердительно кивнулъ головою.

— Жить больше такъ, какъ я жилъ до сихъ поръ, невозможно, — сказалъ онъ послѣ минутнаго молчанія:— не теперь, такъ все равно послѣ попадусь за мои шалости и конецъ будетъ тотъ же.

— Зачѣмъ же ты ведешь себя подобнымъ образомъ, почему не хочешь исправиться?— спросилъ Андрюша.

— Когда я затѣвалъ какую-нибудь шутку или забаву въ родѣ сегодняшней, то не думалъ дѣлать дурное.

— Значитъ, ты до сихъ поръ не умѣешь отличить дурныхъ поступковъ отъ хорошихъ?

— Когда мнѣ некого объ этомъ спросить, Андрюша, а самому не додуматься... Вотъ, говорятъ, есть у насъ Ангелъ-хранитель, слыхалъ отъ одного прохожаго старичка, говорятъ, онъ какъ-то оберегаетъ насъ отъ дурныхъ поступковъ, но гдѣ его можно повидать — не знаю.

— Видѣть его глазами нельзя, Гриша, онъ невидимо сохраняетъ насъ по приказанію Всемогущаго Бога, который приставилъ его къ намъ со дня нашего рожденія, но для этого мы прежде всего должны быть добрыми и не огорчать его нашимъ поведеніемъ. Если хочешь, я дамъ тебѣ прочитать такую книжечку, въ которой объ этомъ все сказано, тогда ты увидишь и поймешь все то, что теперь для тебя недоступно,— сказала Катя своимъ обычнымъ ласковымъ голосомъ.

— Еще бы не хотѣть, конечно хочу, но когда и гдѣ могу читать ее... Я долженъ сегодня же отсюда скрыться... О! Господи, Господи, какъ мнѣ тяжело и больно!— вскричалъ мальчикъ, и пристально взглянувъ на висѣвшій въ углу образъ, началъ громко со слезами жаловаться на то, что не умѣетъ молиться такъ, какъ молятся другіе, и какъ бы ему самому хотѣлось молиться.

Катя и Андрюша стояли около; оба они выглядѣли очень взволнованными, оба плакали.

— Гриша, ты не долженъ уйти отсюда, я употреблю всѣ старанія, чтобы тебя не выселили, буду просить дѣдушку, буду умолять Анну Петровну за тебя, вступиться. Ты останешься, непремѣнно останешься, и мы съ завтрашняго же дня начнемъ вмѣстѣ читать священныя книги, я сдѣлаю тебя другимъ человѣкомъ, Андрюша и самъ дѣдушка помогутъ мнѣ.

— Хорошо было бы, еслибъ твои слова сбылись. Я далъ бы честное слово исправиться и сдержалъ бы его, но едва-ли изъ твоего старанія что-нибудь выйдетъ, меня всѣ считаютъ здѣсь мальчикомъ дурнымъ и конечно рады будутъ избавиться.

— Напрасно ты такъ думаешь,— раздался вдругъ въ дверяхъ голосъ столяра Ивана.

Дѣти обернули головы.

— Да, голубчикъ, до сихъ поръ многіе, можетъ быть,

дѣйствительно считали тебя за очень дурного мальчика; признаюсь, я самъ былъ тоже отчасти подобнаго мнѣнія, — продолжалъ старикъ ласково, положивъ руку на плечо Гриши, — но теперь, когда мнѣ случайно пришлось слышать и видѣть то, что я слышалъ и видѣлъ сейчасъ, я перемѣнилъ о тебѣ мнѣніе, и первый буду стоять за то, чтобы тебѣ простили твой вчерашній проступокъ, такъ какъ ты совершилъ его по невѣдѣнію.

Гриша, Катя и Андрюша въ одинъ мигъ, словно сговорившись, подбѣжали къ доброму старику и принялись осыпать его благодарностью.

ГЛАВА XIV

ДОБРЫЯ ВѢСТИ

Послѣ вышеописанной сцены прошло ровно два мѣсяца; старикъ Иванъ сдержалъ данное слово. Оставивъ Гришу ночевать у себя и уложивъ его вмѣстѣ съ Андрюшей, онъ на слѣдующее утро проснулся очень рано, и прежде чѣмъ отправить мальчиковъ въ школу, пошелъ въ тотъ домъ, гдѣ жилъ Гриша, чтобы разузнать въ какомъ положеніи находится его дѣло.

Оказалось, что крестьянинъ, на котораго наканунѣ было сдѣлано нападеніе, несмотря на поздній часъ, заявилъ жалобу; домашніе перепугались; хозяинъ принялся громко звать Гришу, угрожая наказаніемъ, но Гриши, конечно, дома не оказалось; разослали гонцовъ по всей деревнѣ, чтобы разыскать его и привести на расправу; гонцы бросились по всѣмъ сосѣдямъ, кромѣ старика Ивана, полагая, что, причинивъ побои его внучкѣ, мальчикъ никогда не можетъ пойти туда; благодаря этой случайности, Гриша избѣгнулъ наказанія, а благодаря тому, что Иванъ во-время завелъ рѣчь о томъ, что, услыхавъ вчера изъ сосѣдней комнаты все то, что намъ уже извѣстно, хочетъ взять на себя трудъ исправить его,— избавился и отъ высылки изъ деревни.

Каждый день аккуратно послѣ обѣда онъ приходилъ въ избушку стараго столяра, гдѣ Катя занималась съ нимъ чтеніемъ священныхъ книгъ и толковала то, чего онъ не понималъ раньше; о прежнихъ шалостяхъ въ классѣ больше не было помину. Такимъ же шалунамъ-товарищамъ, какимъ онъ самъ былъ прежде, сначала это не нравилось, но затѣмъ и они

128

мало-по-малу стали отвыкать отъ дурныхъ привычекъ и находить удовольствіе въ томъ, надъ чѣмъ прежде смѣялись и что считали скучнымъ.

Торговля бонбоньерками шла очень успѣшно; вырученныхъ отъ нея къ празднику денегъ оказалось совершенно достаточно для того, чтобы купить Андрюшѣ коньки, о которыхъ онъ такъ давно мечталъ, и украсить Рождественскую елку различными лакомствами, бездѣлушками и даже подарками, не только для членовъ семьи, но и для приглашенныхъ гостей, состоящихъ изъ Гриши и нѣмого Володи, выписаннаго доброй Анной Петровной на всѣ праздники.

Катѣ очень хотѣлось пригласить также Зиночку, но она не рѣшалась этого сдѣлать, такъ какъ полагала, что Анна Петровна ее не отпуститъ; подарокъ же для Зиночки все-таки былъ приготовленъ и состоялъ изъ прекрасной бонбоньерки, которую Катя рѣшила отнести ей на слѣдующій день утрамъ.

Но вотъ вдругъ въ минуту самаго разгара всеобщаго веселья наружная дверь отворилась, и въ избушку вбѣжала Зиночка въ сопровожденіи горничной. Личико ея сіяло счастьемъ, щеки раскраснѣлись отъ мороза, она выглядѣла такою хорошенькою, какою ее еще никогда никто не видывалъ.

— Бабушка прислала меня сюда съ добрыми вѣстями, — сказала она, обращаясь къ окружающимъ: — Катя навѣрно предупредила всѣхъ объ этомъ; отвѣтъ полученъ еще вчера, но бабушка берегла эту радость къ сегодняшнему великому празднику...

Тогда взоры всѣхъ присутствующихъ обратились на Катю, которая стояла неподвижно съ опущенными глазами.

— Развѣ ты никому еще ничего не сказала? — продолжала Зиночка, подойдя къ ней ближе.

— Нѣтъ, — тихо отозвалась Катя.

— Почему?

— Потому что не была увѣрена въ успѣхѣ.

— Но теперь я за него ручаюсь; говори же, говори скорѣе!— торопила Зиночка и затѣмъ почти сейчасъ же добавила:—Нѣтъ, я лучше сама скажу, ты не скоро соберешься: бабушка исполнила просьбу Кати: ты, Иванъ, получаешь казенное мѣсто и казенную квартиру въ сосѣднемъ городѣ, Андрюша и товарищъ его, сирота Гриша, приняты въ ремесленное училище, Катя и двое маленькихъ будутъ жить пока съ тобою... Мы съ бабушкой тоже переѣзжаемъ въ городъ... значитъ, разставаться не придется...

— Дѣдушка, прости, я обо всемъ просила добрую Анну Петровну тайкомъ отъ тебя... но я знала, что это твое завѣтное желаніе, что ты не разсердишься, такъ же какъ и остальные, — сказала Катя, ласково прижимаясь къ тронутому до слезъ старику. Я не хотѣла ни о чемъ заикаться раньше, потому что боялась вѣрить въ возможность подобнаго счастья и не желала напрасно обнадеживать тебя.

Глаза старика Ивана наполнились слезами; онъ горячо пригналъ къ сердцу свою маленькую внучку и до того былъ взволнованъ, что даже не въ силахъ былъ говорить. ч

Остальная часть семьи находилась почти въ такомъ же переполненномъ счастьемъ состояніи, только Митя да Маша прыгали спокойно вокругъ зажженной елки и, весело хлопая въ ладоши, старались перекричать одинъ другого, называя милую сестричку Катю безконечно ласковыми именами.